Une aventure d'Hermux Tantamoq ™

# LE TEMPS NE S'ARRÊTE PAS POUR LES SOURIS

Michael Hoeye

UNE AVENTURE D'HERMUX TANTAMOQ ™

# LE TEMPS NE S'ARRÊTE PAS POUR LES SOURIS

*Traduit de l'anglais*
*par Mona de Pracontal*

wiz
Albin Michel

Titre original :
*TIME STOPS FOR NO MOUSE*
(Première publication : Terfle Books, 2000)


Conception graphique de l'ouvrage et carte réalisées par Dale Champlin
Portrait de l'auteur créé par Virginia Flynn,
© 2000, Terfle House Limited
**Une Aventure d'Hermux Tantamoq**™ et **Rated : Not too Scary**™
sont des marques déposées © 2000, Terfle House Limited.

Pour la traduction française :

© 2002, Éditions Albin Michel S.A
22, rue Huyghens – 75014 Paris
www.albin-michel.fr

Logo Wiz : Cédric Gatillon

ISBN : 2-226-12972-3

*Ce livre est dédié à ma femme bien-aimée,*
*Martha Ann Banyas,*
*amie véritable et cœur loyal.*

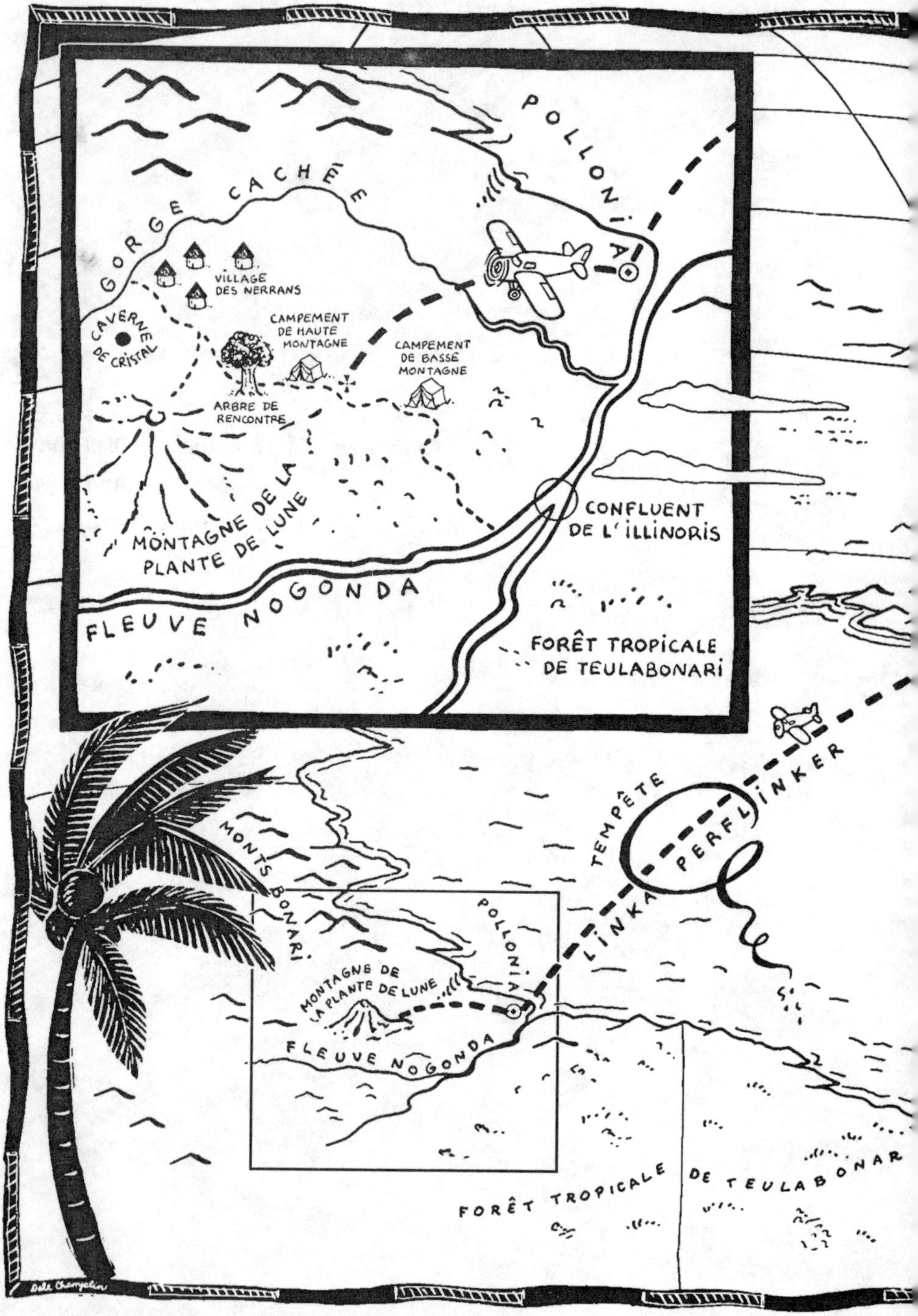

POLLONIA
GORGE CACHÉE
VILLAGE DES NERRANS
CAVERNE DE CRISTAL
CAMPEMENT DE HAUTE MONTAGNE
CAMPEMENT DE BASSE MONTAGNE
ARBRE DE RENCONTRE
MONTAGNE DE LA PLANTE DE LUNE
CONFLUENT DE L'ILLINORIS
FLEUVE NOGONDA
FORÊT TROPICALE DE TEULABONARI
TEMPÊTE LINKA PERFLINKER
MONTS BONARI
POLLONIA
MONTAGNE DE LA PLANTE DE LUNE
FLEUVE NOGONDA
FORÊT TROPICALE DE TEULABONAR
Dale Champlin

Golfe de Tretch
FLEUVE LONGUET
PINCHESTER
RIVIÈRE TWIST
TRAVERSÉE EN SOLITAIRE
N
PINCHESTER
RIVIÈRE TWIST
LE DERNIER-RECOURS
MAISON DE MLLE PERFLINKER
GARE DE PINCHESTER
OPÉRA DE PINCHESTER
APPARTEMENT D'HERMUX
TOUR DU PROGRÈS
INSTITUT PERRIFLOT
CAFÉ DE LANAYDA
BOUTIQUE D'HERMUX
MAISON DE MIRINN
PALAIS DE LA BEAUTÉ TUCKA MERTSLINN

*Chapitre 1*

# Une visite inattendue

– Mon Dieu, mon Dieu ! murmura Hermux Tantamoq tout en examinant le bracelet-montre avec attention.

Il n'avait jamais vu une aussi jolie montre en si mauvais état. Le verre avait volé en éclats. Les aiguilles étaient tordues comme de la cire fondue. Le cadran était tellement ébréché et rayé qu'on pouvait à peine lire les chiffres.

La jeune souris tambourina le comptoir de ses ongles pointus.

– S'il vous plaît, dit-elle d'un ton pressé, réparez-la immédiatement. Elle doit être d'une exactitude parfaite. Parfaite. Rien de moins !

Hermux retira sa loupe et regarda cette nouvelle cliente qui manifestait tant d'impatience.

Elle fronçait résolument les sourcils, ce qui n'allait pas du tout avec sa frimousse fraîche et enjouée. Elle ne portait pas la moindre trace de maquillage. Rien que sa fourrure naturelle, d'un brun foncé brillant. Elle arborait une casquette rouge piquée d'une plume vert vif, un pimpant foulard à carreaux et un blouson d'aviateur en cuir qui avait l'air un peu usé.

Des profondeurs de sa sacoche, elle extirpa un petit étui dont elle sortit une carte de visite violette. Elle la tendit à Hermux d'un grand geste de la main.

– Envoyez-moi la facture à cette adresse, je vous prie.

> *Mlle Linka Perflinker,*
> *Aventurière, aviatrice et casse-cou,*
> *Actions d'éclat, audace et brio,*
> *Sur terre et dans les airs.*
> *Tarifs raisonnables*
> *3, rue Pickdorndel*
> *Pinchester*

Hermux déposa délicatement la montre sur le plateau de velours pour examiner la carte.

– Cette montre est presque fichue, mademoiselle Perflinker, lui dit-il alors de sa voix la plus sérieuse. Il faudrait un miracle pour la remettre à neuf. Bien entendu, ajouta-t-il avec une pointe de fierté, j'ai l'habitude d'accomplir ce genre de miracles. Pour quand vous la faudrait-il ?

– Mais pour cet après-midi, bien sûr ! Le temps, c'est de l'argent. Je ne peux pas me permettre de rester une journée entière sans avoir l'heure !

– Chère mademoiselle Perflinker, j'ai bien peur qu'il me soit tout à fait impossible de la réparer aujourd'hui.

Pour commencer, il y a l'horloge de Cladenda Noddem. Je vais devoir fabriquer de toutes pièces un nouveau ressort de cliquet. Et puis il y a l'oignon de Bratchlin Weffup que je lui ai promis la semaine dernière. Il a tordu la tige du remontoir en tire-bouchon. Je vais devoir la redresser, la meuler, la polir et la faire briller. Et puis enfin, il y a votre montre, mademoiselle Perflinker ! Quel choc de voir un aussi beau bijou dans cet état abominable ! Que lui est-il arrivé ?

– Ce sont les risques du métier. Point final ! répondit-elle avec brusquerie. Je n'ai pas le droit d'en révéler davantage. Mais laissez-moi vous dire une chose : contrairement à ce que l'on croit, la profession d'aventurière, que j'exerce, ne fonctionne pas qu'à l'audace et aux coups de tête. En fait, elle repose presque entièrement sur un minutage précis. Sur une préparation rigoureuse. Et une exécution méticuleuse. Cette montre que vous voyez cassée et cabossée fait partie intégrante de ma personne, au même titre que mon pouls. Je peux vous assurer que j'ai pris toutes les précautions possibles pour éviter ces dégâts déplaisants. Et je peux également vous assurer que j'ai besoin d'une montre en parfait état pour reprendre mon travail. En conclusion, quand puis-je la récupérer ?

Hermux remit sa loupe et examina la montre.

– Naturellement, je vais devoir remplacer le verre.

– Naturellement, répondit Mlle Perflinker.

– Et changer les aiguilles, bien sûr, continua Hermux.

– Bien sûr, répliqua Mlle Perflinker.

– Il va falloir refaire la surface du cadran et repeindre les chiffres, aucun doute là-dessus, ajouta Hermux. Et pour cela, je devrai utiliser le plus petit pinceau imaginable.

– Aucun doute là-dessus, acquiesça Mlle Perflinker.

– Quant au mécanisme, il aura besoin, pour le moins, d'un nettoyage, d'un huilage et d'un réglage minutieux, conclut-il.

– Pour le moins, approuva Mlle Perflinker.

– Demain matin en fin de matinée, s'il s'agit véritablement d'une urgence.

– Une urgence des plus pressantes, murmura Mlle Perflinker avec gratitude.

Hermux remplit le bon de réparation de sa petite écriture fine et l'attacha solidement à la montre. Ensuite, il détacha le reçu et le tendit à Mlle Perflinker.

– Demain, donc, dit-il avec un petit sourire. Juste avant le déjeuner.

– Demain, répéta-t-elle.

Puis elle pivota sur ses talons. Arrivée à la porte, elle se retourna vers lui, l'air inquiet.

– Il faut qu'elle soit d'une exactitude parfaite, ajouta-t-elle gravement. La vie se joue parfois à une seconde près.

Après son départ, Hermux se mit au travail.

Il emporta la montre à son établi et régla la lumière. À l'aide d'une pincette fine et pointue, il retira un à un les éclats de verre brisé. Puis il prit des tenailles minuscules et détacha les frêles aiguilles, qu'il plaça dans une coupelle transparente. Il ouvrit le boîtier et examina le mécanisme. Tout en travaillant, il prenait de temps à autre des notes dans son carnet.

*Chapitre 2*

# Une rencontre à vous hérisser les moustaches

Ce soir-là, Hermux rentra chez lui très tard. Il sortit son courrier de sa boîte aux lettres et y jeta un coup d'œil en attendant que le vieil ascenseur descende cahin-caha jusqu'au rez-de-chaussée. La montée fut encore plus lente, mais il s'en moquait. Il se réjouissait d'avance à la perspective d'un bol de soupe bien chaude et d'une bonne soirée de lecture.

Parvenu au troisième, l'ascenseur émit un grincement rouillé suivi d'un schdoung graisseux, frissonna, hoqueta et s'arrêta avec une secousse. Hermux entrebâilla la porte de quelques centimètres à peine. Furtivement, il pointa le museau dans l'embrasure et parcourut le palier du regard. La porte d'entrée de Tucka Mertslinn était fermée.

Il sortit de l'ascenseur et trottina comme une petite souris vers son logis.

Il extirpa avec précaution son trousseau de clés de sa poche. Il laissa de côté la clé en argent de sa bicyclette, la clé ronde de son magasin, la petite clé dorée de son coffre-fort, la clé argentée à tête carrée de son casier de vestiaire au gymnase, la clé ovale de son classeur à dossiers, et trouva enfin la clé en cuivre à double panneton de son appartement. Il la glissa dans la serrure et la tourna sans faire de bruit.

– Mais c'est Hermux Tantamoq ! Qui file comme un voleur ! tonna une voix de stentor juste derrière lui.

Hermux fit volte-face, terrorisé. Tucka Mertslinn se tenait à moins d'un pas de lui. Un grand brouillard de parfum l'enveloppait, qui s'insinuait maintenant dans toutes les fissures du palier. Un nuage s'en détacha pour venir se poser sur Hermux et lui chatouiller le nez telle la queue d'un écureuil à poils longs. C'était une odeur épouvantable, on aurait dit des fleurs piétinées à mort dans une confiserie.

Tucka, perchée sur des chaussures en lézard vert et rose à semelles compensées, dominait Hermux de toute sa hauteur. Un chapeau en forme de cône la grandissait encore davantage. Du sommet de son couvre-chef jaillissait une fontaine de rubans métalliques qui lui retombaient sous la taille. Ces rubans étincelants tournoyaient autour de son corps comme une nuée d'anguilles affamées, lui cachant presque entièrement le visage. Le peu qu'en distinguait Hermux était troublant.

Tucka avait les joues fardées d'une fine poudre orange qui donnait l'impression que sa fourrure était en feu. Les poils de ses sourcils étaient allongés de façon si spectaculaire qu'ils s'agitaient comme des antennes au-dessus de ses petits yeux et menaçaient de s'emmêler dans les rubans. Elle lui sourit dangereusement.

– Vous n'avez pas reçu mon invitation, je suppose ? dit-elle. J'avais bien précisé que la réunion commencerait à 18 heures. Elle a été très fructueuse, d'ailleurs. Dommage que vous l'ayez ratée. Mais j'imagine que vous aviez des choses plus importantes à faire. Toujours est-il que des décisions ont été prises. Et sous peu, vous allez assister à de véritables changements ici.

– Des changements ? demanda Hermux. Où ça ?

– Dans le hall d'entrée, imbécile, poursuivit-elle d'un ton irrité. Je dirige le sous-comité de décoration du hall d'entrée. À moins que cela aussi, vous l'ayez oublié ?

Là-dessus, Hermux lâcha un éternuement formidable qui fit vibrer les froufrous iridescents du chemisier décolleté de Tucka. C'était un éternuement de la catégorie qui éclabousse et qui mouille. Le genre qu'on espère pouvoir expédier dans un mouchoir. Mais il arriva si vite que même Hermux en fut surpris.

– Espèce d'horrible petit... rongeur ! siffla Tucka en se tamponnant le visage avec un bout de dentelle chantilly. Sale petite vermine ! En tout cas, je vous aurai prévenu. Des décisions ont été prises. Des décisions votées à l'unanimité. Maintenant, ôtez-vous de mon chemin ! Et vous pouvez commencer par retirer ce porte-parapluies hideux de mon palier.

Sur ces mots, elle shoota de toutes ses forces dans le porte-parapluies en forme de vaisseau spatial qu'Hermux avait rapporté de son voyage à l'Exposition universelle, quand il était petit.

Lorsqu'il vit le pied de Tucka partir en flèche, Hermux s'écria :

– Vous ne devriez pas faire ça !

Tucka poussa un hurlement qui fit trembler les murs.

– C'est du plomb, poursuivit-il.

Elle se retourna vers Hermux et brandit le poing sous son museau.

– Vous m'avez cassé le pied ! rugit-elle, avant de s'éloigner en clopinant, folle de rage. Vous allez avoir des nouvelles de mes avocats ! Vous paierez jusqu'au dernier sou !

– Le dernier sou de quoi ? Je me le demande, murmura-t-il.

Il redressa le porte-parapluies, ouvrit sa porte et entra chez lui avec un soupir de soulagement. Il referma à clé derrière lui, tira le verrou, mit la chaîne en place. Et, par mesure de sécurité supplémentaire, il surveilla Tucka par le judas jusqu'à ce qu'elle ait complètement disparu.

– Cette souris me rendra dingue !

*Chapitre 3*

# Comme on est bien chez soi !

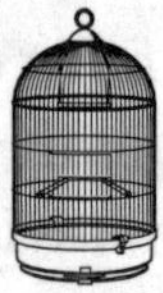

Hermux jeta le courrier sur son bureau et oublia rapidement Tucka Mertslinn et ses histoires.

Il courut à la fenêtre et plongea le regard dans la cage de sa coccinelle apprivoisée, qui somnolait tranquillement sur son perchoir.

– Réveille-toi, Terfèle ! dit-il d'un ton joyeux. Je suis rentré !

Là-dessus, il glissa la main entre les barreaux de la cage et caressa le bord de son aile rouge et vernissée. Terfèle ouvrit et referma ses élytres, puis s'étira en bâillant paresseusement.

– As-tu passé une bonne journée ? demanda Hermux. La mienne a été des plus étranges, crois-moi ! Du moins jusqu'à maintenant. Quel bonheur d'être enfin à la maison !

Il ouvrit la boîte de pucerons séchés et en versa une poignée dans le bol de Terfèle, qui sauta en souplesse de son perchoir et se mit à manger voracement.

Hermux la regardait, tout content.

– À la maison, où il n'y a personne pour m'espionner ! À la maison, où personne ne hurle ! hurla-t-il. Sauf moi, bien sûr !

Sur ces mots, il bondit en l'air, tentant une audacieuse pirouette. Et retomba si lourdement qu'il faillit renverser la cage de Terfèle.

– Et maintenant, à table ! annonça-t-il en se relevant.

Dans la cuisine, il ouvrit le réfrigérateur et en sortit une casserole de soupe qu'il mit à chauffer sur la gazinière. Puis il ôta méthodiquement ses vêtements de travail. Il enleva sa veste, la brossa, l'accrocha bien comme il faut sur son cintre en bois. Il défit son nœud papillon. Il déboutonna sa chemise et la retira, en inspecta le col et renifla avec circonspection les dessous de bras.

– Je crois qu'elle peut me faire encore un jour, conclut-il, avant de la suspendre avec soin. Ensuite, il délaça ses souliers et les plaça au pied de son lit pour les aérer. Dans sa commode, il prit une paire de grosses chaussettes de laine qu'il passa par-dessus ses chaussettes de ville, ainsi qu'une chemise en pilou couverte de motifs de fromages du monde entier. Pour finir, il enfila ses pantoufles et son épaisse robe de chambre duveteuse, puis il s'en retourna à la cuisine.

La soupe bouillait à gros bouillons. Hermux éteignit le feu sous la casserole et sortit du placard un grand bol bleu nuit. Sur le pourtour courait une procession de canards blancs aux yeux de jais, aux pattes et au bec jaune vif.

– Gare à vous, les canards ! s'écria-t-il en versant des louches de soupe fumante dans le bol.

Il emporta son potage à table, prit un paquet de biscuits salés, se servit un verre de lait et s'assit.

« Eh bien ! se dit-il. Voilà une journée qui sort de l'ordinaire. Je l'ai échappé belle avec Tucka Mertslinn. Et cette Mlle Perflinker est une souris extrêmement dynamique. Voilà quelqu'un qui ne ressemble à personne ! »

Il se remémora sa frimousse animée, son nez légèrement de travers, le son de sa voix harmonieuse et pourtant très ferme. Et il ajouta :

– Mais voilà quelqu'un que j'aimerais revoir.

Après avoir lavé et mis à égoutter la vaisselle, Hermux se prépara du thé. Tout en le laissant infuser, il éplucha une petite pomme, la découpa en fines tranches et se servit un bon morceau de fromage piquant et friable, dont il ne grignota que quelques miettes. Il disposa le tout sur un guéridon à côté de son fauteuil de lecture, dans le bureau, et alluma un petit feu dans la cheminée. Puis il s'assit confortablement, chaussa ses lunettes et commença à lire son courrier.

Il trouva d'abord une carte postale représentant la salle de traite d'une fromagerie du Grebbenland. Elle venait de son cousin Tannik qui était en voyage de noces là-bas. Hermux leva la carte pour la montrer à Terfèle.

– C'est Tannik et Vinnapy, expliqua-t-il. Ils sont absolument ravis. Le fromage est remarquable. Ils espèrent que je te nourris bien. Ils vont te rapporter des gourmandises.

Ensuite, il y avait une lettre de son ami Nip Setchley qui lui proposait d'investir dans sa dernière idée, une résidence hôtelière de camping-cars qui se déplacerait d'un lieu à l'autre, comme un motel sur roues. « On ne s'y ennuierait jamais », promettait Nip. Hermux ne l'avait jamais vu manquer d'enthousiasme. Le projet paraissait plutôt excitant, effectivement. Un nouvel endroit chaque jour, mais avec les mêmes personnes : aventureux et rassurant tout à la fois.

– Il faudra que j'y réfléchisse, dit Hermux, qui reporta son attention sur une petite enveloppe bleue en papier de soie. En l'ouvrant, il sentit un effluve vaguement familier lui monter aux narines, qu'il avait sensibles. Des fleurs. Comme si des centaines de fleurs meurtries et torturées lui explosaient au visage. En dégageant un relent sucré et pourri. À l'intérieur, la carte était estampée d'un gros « TM » en relief.

– Tucka Mertslinn ! grommela-t-il.

*Mlle Tucka Mertslinn*
*Présidente du sous-comité de décoration*
*du hall d'entrée vous prie de bien vouloir*
*l'honorer de votre présence*
*le lundi 23 mars à 18 heures*
*dans ses appartements*
*pour étudier des dessins et des plans*
*concernant le nouveau décor du hall d'entrée.*

– Le 23 mars. C'était aujourd'hui ! reconnut Hermux avec embarras. Pas étonnant qu'elle ait été furieuse. Mais quand l'a-t-elle postée ? Il consulta le cachet de la poste sur l'enveloppe : il datait du 22 mars.

« Hier. J'avais peu de chances de recevoir le carton à temps pour assister à sa réunion et jouer les trouble-fêtes, songea-t-il. De toute façon, je doute que Mlle Mertslinn ait vraiment souhaité ma présence. Et maintenant qu'elle croit s'être débarrassée de moi, elle va pouvoir exécuter ses projets de décoration sans que je m'en mêle. »

– Il semblerait qu'une guerre se prépare, Terfèle, annonça-t-il d'un ton grave. La guerre du papier peint.

Sur ce, il croqua une tranche de pomme et deux copeaux de fromage, se servit une tasse de thé et ouvrit la dernière édition de *Couine Hebdo*.

Comme d'habitude, les nouvelles étaient contrastées. Des choses formidables étaient arrivées à des gens épouvantables. Des choses épouvantables étaient arrivées à des gens formidables. On avait fait de nouvelles découvertes surprenantes. Un certain nombre de trésors anciens avaient été endommagés. Il y avait de l'orage dans l'air à un horizon, un espoir de paix à un autre. Les prévisions à court terme annonçaient la croissance, et les prévisions à long terme la récession. Le froid s'accentuait depuis quelques jours, tandis que la température globale se réchauffait. C'est alors qu'il vit sa photo.

Elle se tenait debout à côté d'un avion sur une piste d'atterrissage, au milieu d'une sorte de jungle.

Chapitre 4

# Un visage familier

C'était Mlle Perflinker. Un bras levé, elle s'abritait les yeux du soleil. Son visage était dans l'ombre, mais il n'y avait aucun doute. C'était Mlle Perflinker. Le même pimpant foulard à carreaux, le même sac en bandoulière, la même façon d'incliner la tête. C'était bien elle.

Hermux s'empressa de lire l'article.

*UNE EXPÉDITION COMPROMISE SAUVÉE PAR L'INITIATIVE AUDACIEUSE D'UN COURAGEUX PILOTE*

L'aviatrice Linka Perflinker a retrouvé la terre ferme saine et sauve aujourd'hui, après une éprouvante traversée en solitaire du golfe de Tretch. L'aventurière avait accepté une mission dangereuse : livrer au docteur Turfip Dandiffer le matériel dont il avait impérativement besoin pour poursuivre son exploration ethnobotanique de la forêt tropicale de Teulabonari.

« J'ai vécu quelques instants critiques à bord, a raconté l'aviatrice à bout de forces. Je me suis retrouvée prise dans une tornade et j'ai bien failli perdre espoir. Mes commandes se sont coincées, et ma radio ne répondait plus. J'étais ballottée dans tous les sens. Mais, comme je savais qu'il s'agissait d'une mission vitale, je me suis accrochée. À présent, le matériel est arrivé à bon port, et le docteur Dandiffer peut reprendre ses importants travaux. »

En ville, un représentant de l'Institut Perriflot, qui finance l'expédition Dandiffer, a tenu une conférence de presse pour annoncer le succès de Perflinker : « Au nom d'Ortolina Perriflot, la femme la plus riche au monde, et de l'Institut Perriflot, nous tenons à exprimer notre gratitude à Mlle Perflinker. Nous avons la certitude que le docteur Dandiffer pourra désormais mener à bien sa mission cruciale. Et qu'il nous reviendra sous peu avec des découvertes qui changeront le cours de la médecine moderne. » Le représentant n'a pas souhaité en dire plus sur la nature du travail de Dandiffer.

Lorsqu'on lui a demandé quels étaient ses projets dans l'immédiat, Linka Perflinker s'est refusée à tout commentaire. « Tout ce que je peux vous dire, c'est que je prendrai un long bain bouillant aussitôt rentrée à la maison. Ensuite, je ferai laver, lustrer et régler mon avion. Et il faudra que je donne ma montre à réparer. »

– Ah oui ! dit Hermux d'un ton rêveur. La montre ! Déglinguée par une tempête.

Hermux attrapa son atlas mondial et le feuilleta. Le golfe de Tretch y figurait bien. Plus grand que dans son souvenir. Au sud du golfe s'étendait la forêt tropicale de Teulabonari. Exception faite des monts Bonari et de deux grands fleuves qui serpentaient à travers la forêt avant de se jeter dans la mer, il n'y avait rien sur la carte.

« Où, dans l'immensité de cette jungle, Mlle Perflinker s'est-elle posée ? » se demanda Hermux.

Ce soir-là, en se brossant les dents, il s'examina dans le miroir au-dessus du lavabo. Il paraissait plus mûr, c'était certain. Mais pas vraiment vieux, décida-t-il. Tout de même, il décela un début d'affaissement de la pointe de ses moustaches. Il les tendit et les relâcha : le début d'affaissement était indéniable. « Rien qu'un peu de gomina Flip ne puisse arranger, voyons », se dit-il en éteignant la lumière. Il se retira dans sa chambre, attrapa son bonnet de nuit pendu à l'intérieur de la porte du placard, l'enfonça douillettement sur ses oreilles et se glissa dans son lit.

– Bonté divine, murmura-t-il, je crois que je pourrais dormir une semaine entière.

Mais à peine eut-il éteint sa lampe de chevet qu'il se mit à penser.

Il pensa à des avions. À des nuages d'orage. À des vents déchaînés. Et à un vol de nuit, dans l'obscurité la plus totale... au-dessus de la mer écumante et des vagues déchaînées.

Il pensa à des chaussures à semelles compensées. À des lézards. À des décorateurs armés de rouleaux de chintz. À des bouillonnés, à de la colle pour papier peint et à des plans d'architecte.

Il pensa à de pimpants foulards et à des chapeaux piqués d'une plume. À des frimousses joyeuses. À des jungles vertes et moites. À des réunions de comité.

Et à l'odeur des fleurs de la jungle.

Il pensa à la vie et à la mort. À l'amour. À des lustres de cristal. Et à de la fourrure teinte en orange.

Il pensa à des montres cassées. Avec des aiguilles tordues qui tournaient, tournaient, tournaient. Et au bourdonnement d'un minuscule avion rouge dans un ciel bleu éclatant, qui se rapprochait, rapprochait, rapprochait.

Et soudain, ce fut le matin. Son réveil sonnait vigoureusement à côté de lui.

*Chapitre 5*

# Tout cela fait partie du métier

Hermux courut à sa boutique dans le centre-ville. Il déverrouilla la porte et tourna l'écriteau du côté indiquant « Ouvert ». Il alluma les lumières, remonta les stores et ôta les housses de flanelle brune des vitrines. Ensuite, il brancha la lampe de son établi, sortit le plateau qui contenait la montre de Mlle Perflinker et, après avoir inséré soigneusement son verre grossissant contre son œil droit, il se mit au travail.

Les dégâts étaient encore pires qu'il ne l'avait imaginé. Le ressort principal avait sauté. Des roues dentées avaient perdu leurs dents. Le balancier s'en balançait. Il y avait des pièces à changer et, pour certaines, il devrait les fabriquer lui-même. Hermux avait une grosse matinée de travail devant lui.

Quand il releva les yeux pour la première fois, il était déjà 10 heures. Il s'étira, se frotta la nuque, puis consulta ses notes dans son calepin. Une colonne de croix noires s'allongeait à côté de la liste de problèmes qu'il avait établie. Il traça une autre croix d'une main ferme et se leva.

– C'est l'heure de la pause café ! s'exclama-t-il.

Il mit son chapeau et son manteau. À l'aide d'une pince à linge, il fixa une carte écrite à la main sur le panonceau « Ouvert » :

**Je reviens tout de suite.**

La pause café du matin était le moment préféré d'Hermux. Il la trouvait particulièrement propice aux griffonnages et à l'observation des gens. Et c'était là qu'il réfléchissait le mieux, qu'il avait les conversations les plus agréables et qu'il se livrait à ses plus jolies rêveries.

Or ce matin-là, Hermux avait amplement matière à réfléchir. Matière à bavarder. Et matière à rêver.

Lanayda Prink faisait le meilleur café du centre-ville, et Hermux se dirigea tout naturellement chez elle.

– Un café noir ! hurla Lanayda à la seconde où il fit son entrée.

Hermux se cala sur un siège devant le comptoir. Ses souliers touchaient à peine le repose-pied.

– Qu'est-ce que vous avez comme beignets aujourd'hui ? demanda-t-il avec entrain.

– Nous en avons des nature et des glacés au sucre. Des pâtissiers et des briochés. Au chocolat et à la noix de coco. Au sirop d'érable et aux noix, lui répondit Lanayda.

– Je vais prendre un beignet pâtissier au chocolat nature. À consommer sur place.

– Un pâtissier chocolat nature. Sur place ! hurla Lanayda. Quelques instants plus tard, une soucoupe de porcelaine blanche contenant un beignet pâtissier au chocolat nature glissa sur le comptoir par une fente dans le mur. Suivit une grande tasse de café fumant. Noir, sans sucre. Lanayda les poussa tous les deux vers Hermux.

– Tu es bien guilleret ce matin, Hermux, lui dit-elle en souriant. Les affaires doivent être bonnes.

– Pas bonnes à proprement parler, répondit-il. Mais elles sont belles. Assurément belles.

Il but une gorgée de café avec délectation. Noir et amer. Puis il croqua une petite bouchée de beignet et laissa la douceur du chocolat chasser l'amertume du café.

– Tu sais, Lanayda, commença-t-il, le contact avec le public... tout est là ! Des gens hors du commun déboulent de la rue sans crier gare... et hop ! te voilà transporté dans un univers que tu n'aurais jamais imaginé. À des kilomètres de chez toi. À des centaines de mètres d'altitude. Tu te retrouves embarqué dans une mission dangereuse, tu dois te battre pour sauver ta vie.

Mais à cet instant précis, la porte s'ouvrit. C'était Erlin Bray, l'avocat. Lanayda le salua d'un geste et hurla :

– Un café. Au lait, sucré ! Un beignet. Glacé, brioché. À emporter !

Elle retrouva Erlin à la caisse à l'instant où un gobelet en carton et un beignet enveloppé de papier sulfurisé dégringolaient par l'ouverture dans le mur.

Hermux ferma les yeux et imagina Mlle Perflinker haut dans le ciel au-dessus du golfe de Tretch, ballottée par les vents, son pare-brise couvert de brouillard, son moteur toussant et crachotant, sa ravissante montre arrêtée à midi pile.

– Bonté divine ! s'écria-t-il. J'ai intérêt à retourner travailler !

*Chapitre 6*

# Le compte à rebours

Il était pile midi moins cinq. Hermux jeta un coup d'œil rapide à l'horloge. Il avait presque fini de réparer le ravissant bracelet-montre de Linka Perflinker. Il avait nettoyé, huilé et réassemblé le mouvement. Il avait soigneusement repeint les chiffres romains du cadran avec le plus petit pinceau imaginable. Il avait choisi de nouvelles aiguilles pour remplacer celles qui avaient été tordues et broyées. Et maintenant, il les mettait en place et les fixait à leur axe.

Quelques instants plus tard, il inséra le verre dans sa monture en or et ... clic ! Et voilà le travail !

Avec deux minutes d'avance, en plus !

Hermux poussa un long soupir de soulagement et, fermant un instant ses yeux fatigués, s'imagina le visage soucieux de Linka Perflinker illuminé par un sourire reconnaissant.

Il ouvrit les yeux. Encore une minute. Mlle Perflinker était certainement du genre ponctuel. Il s'attendait à la voir surgir à midi pile. À une ou deux secondes près.

Plus que trente secondes. Il se demanda si elle porterait son chapeau rouge avec la plume verte. Si elle aurait son pimpant foulard à carreaux rouges et blancs jeté gaiement en travers des épaules. Si elle lui raconterait certains détails de sa merveilleuse aventure dans les airs.

Il était midi pile.

Puis il fut exactement midi une.

Puis midi deux. Très précisément.

Puis midi trois.

Hermux se mit à la fenêtre et scruta la rue des deux côtés. Sur le trottoir d'en face, Téasila Tentriff, le professeur de danse, ouvrait la porte de l'Académie Tentriff de danse et de théâtre. Quendel Tiptorf sortait tout juste du salon de coiffure du coin. Et Tratin Dilmo courait pour attraper le bus. Mais aucune trace de Mlle Perflinker.

Hermux vérifia que le panneau sur la porte du magasin disait bien « Ouvert ». Du petit placard à côté de son bureau, il retira une boîte vert foncé qui portait une inscription gaufrée en élégantes lettres dorées :

*Hermux Tantamoq, Horloger*

Il retira le couvercle et déposa très délicatement la montre de Mlle Perflinker à l'intérieur sur le coussin de coton blanc neige. Il referma l'écrin et le posa sur le comptoir, à côté de la caisse enregistreuse, où il se posta pour attendre.

À une heure, il déballa son casse-croûte. Il se servit un verre de jus de pomme de son Thermos et mangea une branche de céleri. Mais il laissa le sandwich au fromage qui pue, le pouding au caramel, le nougat brun et la banane. Il n'avait pas faim.

À 2 heures, la porte s'ouvrit et Hermux se mit d'un bond au garde-à-vous.

– Mademoiselle Perflinker ! bafouilla-t-il.

Mais c'était Cladenda Noddem et son affreux rejeton, Nock.

– Je suis désolé, madame Noddem. J'attendais quelqu'un.

– Je présume que vous m'attendiez aussi, monsieur Tantamoq, ironisa Mme Noddem. Mon ticket indique mercredi après-midi. Or nous sommes mercredi, et il est midi passé. Je viens donc voir les merveilles que vous avez faites sur l'horloge du grand-père. J'ai amené Nock avec moi pour que vous lui expliquiez vous-même pourquoi il ne peut pas s'accrocher au pendule, ni sonner le carillon avec ses baguettes de tambour. Ni se balancer sur les chaînes, ni se servir des poids comme de quilles de bowling. Il refuse de nous croire, son père et moi.

Alors Hermux expliqua à Nock pourquoi il ne devait faire aucune de ces choses. Il lui montra le ressort de cliquet qu'il avait cassé. Il lui fit voir comment il en avait fabriqué un nouveau en enroulant une étroite bande d'acier autour d'un goujon, d'acier lui aussi, pour faire un S. Mais rien de tout cela n'intéressait Nock. Du moins, jusqu'au moment où Hermux lui apprit à ouvrir la porte du socle de l'horloge à l'aide d'une clé minuscule et à éclairer avec une lampe de poche les pignons et les roues dentées qui tournoyaient à l'intérieur. Nock était visiblement fasciné par les rouages de l'horloge.

En les regardant partir, Hermux se dit que le garçon n'avait sans doute pas un aussi mauvais fond que cela. Mais, alors même qu'il disait à Mme Noddem, sur le pas de la porte, que son fils avait peut-être l'étoffe d'un ingénieur, voire d'un horloger, l'affreux garnement projetait déjà de se servir des engrenages de l'horloge de son grand-père pour tordre une pièce de 1 *cent* en zigzag. Et il se demandait combien ses amis seraient prêts à mettre pour un *cent* en zigzag, attendu qu'il avait lui-même la veille payé 5 *cents* une pièce tout bonnement aplatie par un train.

À 5 heures, il était clair que Mlle Perflinker ne viendrait plus. Hermux sortit du magasin et regarda des deux côtés de la rue. Puis il regarda de nouveau. Juste pour en avoir le cœur net.

Ensuite, il retourna dans sa boutique. Il scotcha soigneusement la fiche de réparation de Mlle Perflinker sur le dessous de l'écrin. Il contempla une dernière fois la montre. Son boîtier en or poli, le verre transparent comme du cristal, le cadran blanc perle, les chiffres noirs impeccables, les aiguilles d'argent pointues qui indiquaient « 5 heures » précises.

– Elle est parfaite, soupira-t-il. Exactement comme elle voulait.

Il ferma l'écrin et le plaça sur l'étagère « À retirer » juste à côté de l'oignon de Bratchlin Weffup.

Après quoi, il éteignit les lumières, ferma sa boutique et rentra chez lui.

*Chapitre 7*

# Trouver les mots justes

Une semaine s'écoula, sans aucune nouvelle de Linka Perflinker. Pas le moindre appel, pas un message. Lorsqu'il pensait à elle, et il y pensait souvent, Hermux ne savait pas s'il devait s'inquiéter ou se mettre en colère. Il avait l'intime conviction que quelque chose de grave l'avait empêchée de venir chercher sa montre comme prévu. Mais il détestait l'idée que quelque chose de grave ait pu arriver à Linka Perflinker.

D'un autre côté, s'il ne s'était rien passé de grave, elle était bien impolie et irresponsable de l'avoir fait travailler si dur pour respecter les délais, sans se donner la peine ensuite de venir récupérer la montre. Et si elle en avait acheté une nouvelle à la place ? Cette hypothèse rendait Hermux fou furieux. Et il ne voulait pas être fou furieux contre Linka Perflinker.

Hermux se trouvait face à ce qu'il appelait un dilemme. Il ne voulait pas penser à elle parce que ça le perturbait. Mais il ne voulait pas non plus ne pas penser à elle. Elle lui avait paru tellement correcte comme souris. Non, correcte était un mot trop faible. Elle était pleine de vie et de détermination. Elle respirait l'aventure.

Il décida de lui écrire une lettre.

Il ouvrit le tiroir de son bureau et en sortit une feuille.

Ma chère demoiselle Perflinker, commença-t-il

J'ai travaillé très dur pour remettre votre montre en état alors que j'avais mieux à faire, croyez-moi. J'ai tout juste eu le temps de réparer l'horloge de Cladenda Noddem. Je suis rentré très tard pour dîner. Et j'ai raté une réunion importante concernant la décoration de mon immeuble, avec laquelle je vais devoir vivre pendant les années à venir. Vous n'êtes pas passée chercher votre montre. Et vous ne m'avez pas payé non plus.

Sincères salutations,

Avant de signer, il s'arrêta et relut ce qu'il avait écrit.

« Ce n'est pas très aimable, se dit-il. Un ton plus léger, peut-être. »

Il déchira la lettre et sortit une autre feuille de papier.

Chère Linka, écrivit-il

J'ai peur qu'il vous soit arrivé quelque chose d'horrible. Si vous avez des ennuis, n'oubliez pas, s'il vous plaît, que vous trouverez toujours un ami en

Hermux Tantamoq

P.S. : Votre montre est prête.

Il étudia la lettre. « Peut-être un poil trop désespéré », songea-t-il. Il la déchira et sortit une troisième feuille.

Chère mademoiselle Perflinker, écrivit-il

Peut-être avez-vous oublié la montre que vous m'avez laissée en réparation. Je crois que vous serez heureuse d'apprendre que je l'ai remise en état de marche et qu'elle est à nouveau d'une parfaite exactitude.

Vous pouvez passer la retirer dans les plus brefs délais.

Bien à vous,

Hermux Tantamoq

– Voilà, conclut-il avec satisfaction. Pas trop amer. Et pas trop doux.

Il plia la lettre et la glissa dans une enveloppe. Il recopia l'adresse de la carte de visite de Mlle Perflinker. Puis il ferma le magasin, se rendit immédiatement au bureau de poste et envoya la lettre.

« L'important, c'est de faire quelque chose, se dit-il sur le trajet du retour. Attendre sans rien faire, ça vous épuise sa souris. »

Alors qu'il remontait la rue, il fut confronté à une curieuse apparition. Une grande souris coiffée d'un étrange chapeau en forme d'ailes de chauve-souris boitillait dans sa direction, soutenue maladroitement par deux cannes. Elle avait les pieds couverts de bandages et donnait l'impression de marcher sur la pointe des pieds.

« Elle a dû faire une mauvaise chute », songea Hermux.

C'est alors qu'il la reconnut. C'était Tucka. Il se précipita à sa rencontre sans réfléchir.

– Mademoiselle Mertslinn ! Bonté divine ! Je suis vraiment, vraiment désolé ! J'ignorais totalement ! bredouilla-t-il.

Tucka se cala sur ses cannes et le toisa de haut.

– Mais que diable racontez-vous ? lui demanda-t-elle.

– Vos pieds, dit-il d'un air éploré. Le porte-parapluies. Vous avez dû vous casser les orteils, c'est affreux !

– Monsieur Tantamoq, vous êtes encore plus crétin que je ne le supposais. Je ne me suis pas cassé les orteils. Je prône une approche plus aérienne de la chaussure. J'incarne une image d'apesanteur et de fragilité.

– Mais vous avez l'air très mal à l'aise en le faisant.

– Vous ne pigez vraiment rien à rien, vous ? dit Tucka, qui prit un instant pour arranger ses cannes. La beauté est affaire de discipline. C'est la création du rare et de l'improbable. Je commence à croire que vous avez tout bonnement l'âme trop étroite, trop limitée pour posséder ne serait-ce qu'un rudiment de sens esthétique.

Là-dessus, elle le congédia et poursuivit son chemin clopin-clopant, sous les regards admiratifs des passants.

Sa remarque avait piqué Hermux au vif. « Peut-être a-t-elle raison, songea-t-il. Peut-être suis-je étroit d'esprit et limité. J'ai toujours cru que j'avais un sens esthétique, mais je n'y ai jamais beaucoup réfléchi. Je trouve Terfèle belle, avec ses ailes rouge vif et leurs points noirs brillants. J'ai toujours trouvé belle l'horloge du beffroi de Gurfenville. En particulier quand l'oiseau bleu s'envole de son nid à l'heure pile et y revient à la demie. Et bien sûr je trouve que Mlle Perflinker est belle. »

Son cœur s'arrêta un instant de battre à l'évocation de Mlle Perflinker.

– Mais ça ne sert à rien de penser à ça, soupira-t-il.

*Chapitre 8*

# De l'amour dans l'air

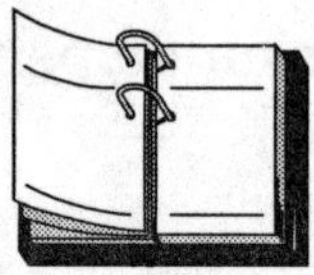

Quand il avait posté sa lettre à Mlle Perflinker, Hermux avait entouré la date à l'encre rouge sur son calendrier. Depuis, il attendait tous les jours l'arrivée du courrier.

Lista Blenwippel était la factrice d'Hermux. D'aussi loin que les gens s'en souvenaient, elle avait toujours distribué le courrier dans le centre-ville. Elle savait où se trouvait chaque immeuble, et chaque bureau à l'intérieur de chaque immeuble. Elle savait qui travaillait où, qui se faisait embaucher et qui se faisait renvoyer. Et, en général, elle savait aussi pourquoi.

Lista remarqua tout de suite qu'Hermux attendait une lettre. Il la guettait tous les matins et sortait sur le pas de sa porte pour la saluer dans la rue.

– Bonjour, Lista, lui lançait-il avec entrain. Qu'as-tu pour moi aujourd'hui ?

– Eh bien, Hermux, tu t'es inscrit à un nouveau club de lecture, on dirait ? Ou tu attends des rubis pour tes montres ?

– En fait, Lista, c'est quelque chose d'une nature plus personnelle, finit-il par lui confier.

Lista n'eut pas besoin d'en entendre davantage. L'après-midi même, tout le monde, dans le centre-ville, savait qu'Hermux attendait la réponse écrite à une demande en mariage. Personne, pas même Lista, ne pouvait se risquer à des conjectures sur l'identité de l'heureuse élue, mais on faisait déjà des plans. Ce serait incontestablement un grand mariage, avec des tonnes de nourriture et un gâteau monumental. De jolis cartons d'invitation, un orchestre de bal et des discours. Sans oublier de grands bouquets de fleurs et des petits cadeaux pour les invités.

Hermux n'était pas avare.

Le mariage aurait sans doute lieu en juin. Il restait tout juste le temps de l'organiser convenablement. « Ce sera réglé comme une horloge, ajoutait Lista. Vous pouvez être tranquille là-dessus. »

La nouvelle était excitante. Les gens consultèrent leurs agendas. Pour éviter les conflits, on décida de réserver le mois de juin jusqu'à ce que la date exacte soit fixée. Certaines personnes quittèrent leur travail de bonne heure ce jour-là, pour aller s'acheter de nouveaux vêtements de fête avant que les plus beaux et les plus colorés aient disparu.

C'est ainsi que tous les matins Lista Blenwippel adressait un sourire particulièrement compatissant à Hermux en lui tendant son courrier. Car il n'y avait pas de lettre spéciale pour lui. Et Lista pouvait repérer une lettre spéciale à trois kilomètres à la ronde. Il n'y avait que des factures, des avis, des catalogues et *La Gazette de l'horloger*.

– Pas aujourd'hui, mon cher, disait-elle à Hermux d'un ton rassurant. Mais très bientôt, j'en suis sûre.

*Chapitre 9*

# Du balai

– Arrêtez ! cria Hermux en courant comme un dératé. Arrêtez immédiatement ! Arrêtez !

Sa voix se mua en un hurlement plaintif, tandis qu'il se précipitait du coin de la rue à la porte de son immeuble.

Il percuta de plein fouet le grand castor qui jetait du bois et des meubles cassés dans une benne à ordures rangée sur le trottoir.

– On peut savoir ce que vous fabriquez ? lui demanda Hermux.

Il grimpa sur le dessus de la benne et sentit son sang se glacer à la vue du contenu. Dans un horrible fatras gisait ce qui avait constitué jusqu'à ce matin-là encore le hall d'entrée douillet, chaleureux et rassurant de son immeuble. Il n'en restait maintenant qu'un tas de débris, de fragments, d'éclats, de copeaux et d'écornures de cerisier, de noyer et de chêne.

Une brassée de barreaux en bois vint s'écraser sur la pile. Hermux se retourna vers le castor qui mastiquait le dernier pied d'une des chaises Windsor jusqu'alors disposées devant la fenêtre.

– Qu'est-ce qui se passe ici ? gronda Hermux.

– Ordres du patron, ronchonna le castor, la bouche pleine de copeaux d'érable.

Hermux se baissa pour ramasser une grappe de feuilles de chêne et de glands sculptés qui composaient autrefois la moulure du plafond.

– Qui est ce patron ? demanda Hermux. Qui lui a donné l'autorisation de démolir notre superbe vestibule ? Où est-il ?

– Pas « il », monsieur Tantamoq, dit une voix familière. « Elle ». Et je suis juste là.

Tucka Mertslinn sortit de l'immeuble à grandes enjambées, affublée d'une salopette en toile de camouflage, de bottes de chantier montantes et d'un casque orange fluo. Un mètre ruban, un talkie-walkie et un mégaphone pendaient à sa ceinture à outils.

– Et c'est vous, continua-t-elle sur sa lancée, oui, vous ! et toutes les autres petites personnes qui habitent ici, qui m'avez donné votre accord. Vous m'avez élue présidente du sous-comité de la décoration du hall d'entrée. Je fais mon boulot !

– Nous ne vous avons pas autorisée à amocher l'immeuble ! dit Hermux.

– Amocher, monsieur Tantamoq ? rétorqua Tucka d'une voix acerbe. Je l'ai sans doute sauvé d'une pitoyable médiocrité, voire de l'insignifiance totale. Mais je n'ai rien amoché. Il n'y avait rien à amocher.

– Rien ? demanda Hermux, exaspéré. Et les ravissantes boiseries anciennes ? Et nos bons gros fauteuils ? Et les belles natures mortes avec la pomme, la poire, l'ananas et les raisins ?

– Excusez-moi ! grogna quelqu'un derrière Hermux. Je passe !

Un autre castor sortit en titubant de l'immeuble, chargé d'une pile de tableaux. Ou plutôt de ce qui avait été des tableaux. Les cadres étaient cassés à tous les coins. Et les toiles éventrées, exactement comme si quelqu'un chaussé de grosses bottes de chantier avait donné un coup de pied au beau milieu de chacune.

À grand-peine, le castor projeta tous les tableaux dans la benne à ordures. Hermux eut juste le temps de distinguer des fragments de fruits peints.

– Ces tableaux étaient déjà aux murs de cet immeuble avant l'époque de mon grand-père ! hurla Hermux avec indignation.

– Précisément. Cela prouve bien que j'ai raison, répondit Tucka. Il est temps de changer.

Un braillement fusa de son talkie-walkie.

– Tucka ! lança sèchement une voix d'homme. On a besoin de toi à l'intérieur. Fissa !

– J'arrive ! cria-t-elle dans l'appareil. Venez voir ce que nous avons fait dans le hall, dit-elle à Hermux d'un ton autoritaire, avant de se précipiter dans l'immeuble. Et vous me direz si ce n'est pas mieux ! C'est merveilleux ! Je me suis surpassée. Il n'y a pas d'autre mot !

*Chapitre 10*

# Une date dans l'histoire

Hermux franchit la porte d'entrée d'un pas prudent et pénétra dans le couloir sombre. Il descendit les marches à tâtons et se dirigea lentement vers le hall en enjambant des planches éparses et des blocs de plâtre.

Dans le vestibule régnait un chaos total. Des plaques de contreplaqué avaient été clouées en travers des fenêtres qui donnaient sur le petit jardin de la cour. On avait arraché les lambris de chêne patiné pour dégager la brique et le ciment. Des feuilles de plastique noir couvraient le plafond. Et, à la place de l'ancien lustre de cuivre avec ses pommes de pin qui diffusaient une lumière ambrée, une simple ampoule pendait à présent, au bout d'un fil électrique nu.

Tucka bavardait avec une jeune loutre, un mâle grand et mince vêtu de cuir noir moulant. Tous deux surveillaient une équipe d'écureuils perchés sur de hautes échelles, qui se débattaient avec de grands rouleaux de barbelés coupants comme des rasoirs. Plusieurs longueurs de fil étaient tendues le long des murs et en travers du plafond.

Rink la loutre arracha le mégaphone de la ceinture de Tucka.

– Avec grâce, espèces d'imbéciles à queue touffue ! hurla-t-il. Ne tirez pas autant. Je le veux drapé, pas tendu. Il faut que ça dégage un sentiment de volupté !

Les écureuils se penchèrent dangereusement de leurs échelles pour dérouler le barbelé en grandes boucles souples.

– C'est beaucoup mieux ! dit Rink. Clouez-le ! Et maintenant, à toi, Tucka. Ton grand moment est arrivé ! Là ! Par terre près des fenêtres !

Tucka s'allongea sur le sol, puis, lentement, commença à se contorsionner comme si elle avait été renversée par une voiture.

Elle lançait des coups d'œil à Rink qui fanfaronnait tout en lui adressant des encouragements et des indications :

– Oui ! Oui ! Plus à droite ! Lève le bras gauche ! Tords-toi sur le côté ! C'est ça ! Plie le genou. Ne bouge plus ! On y est !

Il s'agenouilla à côté d'elle et se mit aussitôt à tracer les contours de son corps à l'aide d'une énorme craie.

– C'est parfait ! lui dit-il. L'inspiration à l'état pur ! Tucka, tu es tout simplement merveilleuse !

– Tu fais ressortir mon moi le plus fou, Rink ! gloussa-t-elle d'une voix haletante.

Lorsqu'il eut fini, il l'aida à se relever et il épousseta la poudre de plâtre de sa combinaison. Puis il claqua des doigts avec impatience.

– Skouizel ! dit-il. Le sac à main !

Un écureuil rayé à l'air plutôt nerveux, en veste sport très large, accourut et tendit à Rink un grand sac à main.

Rink l'ouvrit et en vida le contenu par terre, à côté de la silhouette à la craie de Tucka. Il y avait un bâton de rouge à lèvres, un peigne, un miroir, un portefeuille, un carnet d'adresses, un trousseau de clés, un mouchoir et quelques pièces de monnaie. Puis il jeta le sac à main au sol et sauta dessus à pieds joints en criant avec jubilation :

– Mon art est le plus grand ! Mon art est le plus grand !

Au bout d'un moment, il s'arrêta brusquement et s'inclina devant Tucka.

– Essaie, ma chérie, lui dit-il.

Tucka bondit en l'air et atterrit des deux bottes en plein sur le sac.

– Youhou ! hurla-t-elle en l'écrasant de tout son poids. À la beauté ! À la jeunesse ! À tout ce que je suis !

– Et voilà, lui dit Rink, quand elle eut épuisé toute son énergie. C'est ce que j'appelle du bon boulot.

Il adressa un rapide hochement de tête à l'écureuil rayé, qui entreprit d'encercler tout le secteur de la silhouette et du sac à main avec du ruban de plastique jaune portant l'inscription POLICE en grosses lettres.

Bouche bée, Hermux contemplait le spectacle.

– Impressionnant, n'est-ce pas ? glissa une voix à côté de lui.

– Quoi ? fit Hermux, sortant de sa stupeur.

– J'ai dit : « C'est impressionnant. N'est-ce pas ? » L'intuition et l'audace de Rink.

Une taupe tirée à quatre épingles s'avança avec un sourire aimable en tendant la patte. Elle avait des dents exceptionnellement longues.

– Pup Schounagliffen, chroniqueur de style pour *La Sentinelle*. Et vous, vous êtes ?

– Hermux Tantamoq, répondit Hermux. Horloger.

– Ah oui. L'horloger, dit Pup. J'ai vu votre boutique. Alors, qu'en pensez-vous ?

– Ce que j'en pense ? Je ne sais pas encore quoi en penser, avoua Hermux. Qu'est-ce qu'ils font exactement ?

– Ils révolutionnent l'histoire. Je suis la carrière de Rink depuis ses débuts, quand il faisait les vitrines de Tamintha Bambadini dans le centre-ville, expliqua Pup. Maintenant, c'est le protégé de Tucka Mertslinn. Et ceci, je pense, comptera parmi les chefs-d'œuvre qui l'inscriront dans notre mémoire. Le hall d'entrée comme métaphore urbaine. Relier le spectateur à la violence de la vie dans les bas-fonds de la grande cité.

– Bien dit, Pup, acquiesça Rink en se joignant à eux. Tu as tout à fait saisi l'esprit.

– Mais quand est-ce que tout ça va partir ? demanda Hermux.

– Partir ? répéta Pup d'un ton étonné.

– Partir ? répéta Rink d'un ton encore plus étonné.

– PARTIR ? répéta Tucka d'un ton bien plus qu'étonné, tandis qu'une dangereuse étincelle rouge s'allumait dans son regard.

– Oui, répondit Hermux en montrant du doigt le plastique noir, l'ampoule nue, le barbelé et le ruban de la police. Quand est-ce que tout ce bazar va partir ? Et quand allez-vous installer la décoration ?

Rink vint se planter tout près d'Hermux. Il fit glisser ses lunettes noires au bout de son nez, s'inclina et toisa Hermux de haut.

– Cela ne va pas partir, mon cher ami, susurra-t-il onctueusement. C'est la décoration, comme vous dites.

Il fit signe à Tucka.

– Qui est ce petit bonhomme, Tucka chérie? demanda-t-il d'une voix encore plus veloutée.

– Ce monsieur, expliqua Tucka avec dédain, c'est Hermux Tantamoq. Horloger.

– Et puis-je demander, reprit Rink dont les accents veloutés se muèrent peu à peu en un hurlement strident qui résonna dans le vestibule tout entier, en quoi ça regarde un horloger que je change le cours de l'histoire de la décoration intérieure ?

– En rien, Rink, lui assura Tucka avec inquiétude, tout en l'entraînant par le bras. (Elle foudroya Hermux du regard.) En rien de rien.

Dans un premier temps, Hermux resta trop étonné pour bouger. Puis il se ressaisit et avança avec précaution parmi les gravats pour rejoindre l'ascenseur. Pup, qui marchait à ses côtés, lui expliquait d'une voix extatique :

– C'est révolutionnaire, monsieur Tantamoq. L'espace intérieur dépouillé de tout sentiment ou faux-semblant. Embrassant le danger et la crasse de la rue. Vous avez de la chance, monsieur Tantamoq, de participer à tout cela.

– De la chance ? demanda Hermux, encore un peu sonné.

– Absolument ! Aucun doute là-dessus. Avant que vous ne partiez, monsieur Tantamoq, voici ma carte, ajouta Pup avec amabilité. Peut-être aurons-nous l'occasion d'en reparler.

– C'est peut-être nécessaire, en effet, répondit Hermux en entrant dans l'ascenseur. Mon sens esthétique, ou ce que j'en ai, semble avoir pris du retard sur l'époque.

– À propos, monsieur Tantamoq, tonna Tucka dans son mégaphone depuis l'autre bout du vestibule. Vous devez convoquer immédiatement une réunion de la trésorerie ! Le budget que vous m'avez alloué s'avère cruellement insuffisant pour la tâche. La beauté n'a pas de prix, monsieur Tantamoq. Elle n'a pas de prix !

*Chapitre 11*

# Une question d'esthétique

– Dis-moi la vérité, Mirinn, demanda Hermux en refermant le livre dont il venait de lire un passage à voix haute. Penses-tu que j'aie un sens esthétique ?

Sa vieille amie but quelques gorgées de thé, l'air pensif.

– Toi, Hermux ? Un sens esthétique ? Quelle drôle de question. Eh bien, je dois dire que oui. Pas extravagant, note bien. Mais tu as un sens esthétique, assurément.

Ils étaient assis tous les deux dans la véranda de Mirinn. Adjacente à l'atelier, elle surplombait le jardin, où commençaient enfin à se manifester d'infimes signes de l'approche du printemps.

– Par exemple, la façon dont tu m'as décrit les petites primevères jaunes qui fleurissent au bord du chemin, poursuivit-elle. Avec une grande précision, j'ai trouvé. Je pouvais presque les voir à nouveau. Elle sourit. D'où te vient cette soudaine préoccupation ?

– On m'a reproché récemment d'être limité et étroit d'esprit. De ne comprendre rien à rien. Et en plus, de n'avoir pas le moindre sens esthétique.

– Pas du tout. Simplement, il n'est pas du genre flamboyant, c'est tout. Plutôt comme une bougie sur un rebord de fenêtre un soir d'automne.

– Tu veux dire qu'il est terne, soupira Hermux d'un ton déçu.

– Qui t'a mis ces idioties en tête ?

– Tucka, ma voisine. Tucka Mertslinn.

– Tucka Mertslinn ? La reine des cosmétiques ? Tu plaisantes !

– Non, je ne plaisante pas. Et elle non plus. Pour elle, je ne suis qu'un petit rongeur ignorant qui barre la route au progrès de la beauté.

– Elle a toujours été insolente et vaniteuse !

– Tu la connais ?

– Je l'ai eue comme élève, il y a des années. Aux Beaux-Arts. Tucka Mertslinn. Elle était douée, c'est certain. Et têtue. Et ambitieuse. Et impatiente ! dit Mirinn en riant. On ne s'entendait pas très bien. N'empêche qu'elle nous a montré de quoi elle était capable. À quoi ressemble-t-elle maintenant ?

Hermux essaya de décrire de son mieux tous les détails qui lui venaient à l'esprit sur les chapeaux de Tucka, ses vêtements, ses chaussures, son maquillage.

– Arrête, Hermux ! Tu inventes !

– Pas du tout ! s'exclama-t-il. Et j'en oublie certainement !

– Mais, Hermux, pourquoi diable te préoccupes-tu de ce que Tucka pense de toi ? Elle n'est pas ton genre.

– Non, admit-il. Elle ne l'est pas. Mais il y a quelqu'un...

– Quelqu'un dont l'opinion compte davantage ? Et qui pourrait bien être ce quelqu'un ?

Alors Hermux lui raconta sa rencontre avec Mlle Perflinker. Le vol de sauvetage héroïque de Mlle Perflinker. Comment il avait réparé sa montre cassée. Et comment elle avait omis de venir la chercher.

– C'est tout bonnement la souris la plus dynamique et la plus audacieuse qui trotte sur terre ! conclut-il.

– Et tu te demandes, dit Mirinn d'un ton pensif, si elle pourrait jamais caresser l'idée de partager la vie d'un horloger calme et prévenant, qui n'a pas vécu des masses d'aventures et n'a peut-être pas un sens esthétique des plus développés ?

– Oui. Résumé en deux mots, c'est ça.

– Je vois. Alors c'est sérieux.

Elle réfléchit un bon moment.

– Eh bien, voici ce que je te propose. Va voir sur mes étagères derrière ma table de travail. Tout au bout de la deuxième, tu trouveras un petit carnet à dessins. Apporte-le-moi, tu veux bien ?

Hermux partit chercher le carnet à dessins.

– Maintenant, ouvre-le et dis-moi ce qu'il y a dedans. Je crois que je venais juste de le commencer quand... Elle s'interrompit. Quand..., essaya-t-elle à nouveau. Quand...

Elle laissa échapper un bref sanglot, puis se ressaisit. Hermux posa doucement une patte sur sa frêle épaule.

– Oh, ça va aller, s'excusa-t-elle. Elle inspira à fond. C'est juste que ça me prend par surprise, de temps en temps. Mes yeux me manquent. Ça me manque de ne plus pouvoir dessiner ni peindre ! C'est comme si ton ami le plus cher au monde déménageait pour ne plus jamais revenir.

Hermux hocha la tête. Il était triste de la voir aussi malheureuse. Tout comme il était triste de voir son atelier inutilisé et sans vie depuis trois ans. Des toiles inachevées empilées contre le mur. Des couleurs toutes sèches et craquelées sur la palette. Des pots de pinceaux qui prenaient la poussière.

Sa cécité était une chose à laquelle elle faisait rarement allusion. Elle s'essuya les yeux.

– Bon alors, dit-elle d'une voix ferme. Ce que je te suggère, c'est de prendre ce carnet à dessins. Cela me rendrait très heureuse. Je veux que tu t'en serves comme d'un calepin. Et je veux que tu notes certaines choses que tu vois. Comme les primevères. Tu seras mes yeux sur le monde. Tu me liras ce que tu auras écrit. Et tu développeras ton sens esthétique en étant attentif à tout ce qui t'entoure.

Hermux prit le carnet à dessins. Il passa sa patte sur la couverture lisse et tourna le regard vers le jardin, incapable de prononcer un mot.

– Et maintenant, ne sombrons pas dans le cafard. J'ai une surprise ! annonça joyeusement Mirinn. On m'a offert deux billets pour *La Noctuelle gitane* à l'Opéra ce soir. Avec Briddy Van Der Larken et Conko di Claramoor. Ça se joue à guichets fermés. Tu seras mon cavalier. Et à nous deux, nous ferons sensation.

*Chapitre 12*

# Un grand moment d'opéra

Hermux et Mirinn se frayèrent un chemin dans le hall bondé du théâtre et gravirent les marches du grand escalier. Hermux se félicitait d'avoir accordé un soin particulier à sa tenue : il portait son costume anthracite, un gilet bleu coquille d'œuf de merle et son nœud papillon porte-bonheur « spécial Terfèle », en soie imprimée de coccinelles noir et rouge. Ses moustaches, impeccablement gominées, se dressaient fièrement. Mirinn, qui marchait avec assurance à ses côtés, rayonnait dans une longue robe de satin noir toute simple, qui mettait en valeur son pelage argenté. Ses lunettes foncées ne faisaient qu'ajouter à son allure spectaculaire.

Tout le monde semblait attiré par Mirinn. Les têtes se tournaient à leur passage. Mirinn avait raison : ils faisaient sensation.

« Et bien sûr, songea Hermux, je suis le premier impressionné. »

– C'est merveilleux de sortir, Hermux, lui dit Mirinn en lui serrant gentiment le bras. J'adore ce mouvement, ce bruit, toute cette excitation dans l'air.

Une fois installé à sa place, Hermux ouvrit son programme et se mit à lire.

## La Noctuelle gitane

Boskus Todgerleakun

Opéra en trois actes

Livret
de
Peer Smillendin

Distribution
(Par ordre d'entrée en scène)

| | |
|---|---|
| *Kathë, la Noctuelle gitane* | Briddy Van Der Larken |
| *Le Roi de la forêt* | Erb Brogh |
| *Le Messager* | Terlie Parletto |
| *Le Pourfendeur guerrier* | Conko di Claramoor |

Chœur et orchestre de l'Opéra de Pinchester
sous la direction de
**Trubby Tolkstottin**

Mise en scène originale de
**Rink Firsheen**

Cette production a été financée
par une subvention généreuse des
**Cosmétiques Tucka Mertslinn.**

*Acte I*

La Forêt

Fuyant son amant sanguinaire, Kathë la Noctuelle gitane a été emportée par une violente tempête jusqu'au cœur de la forêt. Elle a les ailes blessées et ne peut plus voler. Elle se résigne à une vie solitaire dans la forêt obscure.

*Acte II*

Le château du Roi

Le peuple de la forêt implore le Roi de le sauver de la Noctuelle gitane qui dévore leurs arbres. Devant la Flamme éternelle, symbole de la force vitale de la forêt, le Roi ordonne au Messager d'aller quérir le Pourfendeur guerrier. Celui-ci devra interrompre son pèlerinage pour débusquer la Noctuelle gitane et la supprimer.

*Acte III*

La forêt à l'agonie

Le Pourfendeur guerrier a retrouvé la Noctuelle gitane dans son repaire, au sommet d'un grand arbre. Au moment où il va l'égorger, la Noctuelle, terrorisée, déploie ses ailes à peine cicatrisées. Pourfendeur est subjugué par sa beauté et il renie sa loyauté envers le Roi. Kathë et Pourfendeur se déclarent leur amour éternel. Pourfendeur, épuisé, sombre alors dans un profond sommeil. Sachant qu'il devra payer sa trahison de sa vie, la Noctuelle gitane s'esquive et plonge vers une mort certaine dans la Flamme éternelle.

– Quelle histoire tragique ! murmura Hermux à l'oreille de Mirinn.

Déjà, les lumières baissaient et l'on remontait les lustres vers le plafond.

– Elle est grotesque, en réalité, mais elle me fait pleurer à chaque fois, répondit Mirinn. Je l'ai vue interprétée par Camia Mallis et je ne l'oublierai jamais. Cela dit, il paraît que Van Der Larken est sublime.

Ils entendirent soudain du brouhaha dans une des loges privées, sur le côté de la salle.

– Mon pied ! pesta quelqu'un.

– Asseyez-vous ! gronda quelqu'un d'autre.

S'ensuivirent force raclements de chaises et bruissements de programmes.

– Chut !!!

Le parfum caractéristique de Tucka Mertslinn fendit la pénombre feutrée du théâtre comme le remous d'un paquebot clapotant contre la jetée.

Lorsque le rideau se leva et que les lumières de la scène s'allumèrent, Hermux put voir distinctement la « reine des cosmétiques ». Elle était assise à côté de Rink et s'éventait bruyamment avec un énorme éventail en plumes de perroquet. Un nuage de fils de fer lui auréolait la tête. Au bout de chaque fil pendait une note de musique dorée qui oscillait tandis qu'elle remuait la tête en cadence avec l'orchestre.

*Chapitre 13*

# En brillante compagnie

La grande forêt gémissait sous les assauts furieux de la tempête. Des nuages noirs se déchaînaient rageusement dans un ciel éperdu. Soudain, le faisceau d'un projecteur transperça l'obscurité, et la silhouette virevoltante d'une noctuelle gitane apparut. Se frayant dangereusement un chemin entre les branchages enchevêtrés, elle dégringola du ciel pour suspendre sa chute à quelques centimètres à peine de la scène.

Un tonnerre d'applaudissements salua son entrée. Elle se tourna majestueusement vers le public, déplia lentement ses ailes déchirées et se mit à chanter :

*Chassée dans les ténèbres par la mort amoureuse...*

Sa voix, aiguë et puissante, s'élevait au-dessus de l'orchestre et balayait la salle. Les oreilles d'Hermux frémirent. Ses moustaches tressaillirent. Il se redressa dans son siège et braqua ses jumelles sur la silhouette remarquable de Briddy Van Der Larken.

Même pour une alouette, Briddy était rondelette. Elle n'était plus toute jeune non plus. Mais elle se métamorphosait pour le rôle, exprimant à la fois la force et la fragilité de la noctuelle tragique. Et sa voix, comme l'avait dit Mirinn, était sublime.

« Pure comme l'eau d'une cascade, songea Hermux. Comme la lumière du soleil, ou comme une nuit d'hiver. »

Lorsque le rideau tomba à la fin du premier acte, Hermux était emballé.

– Je comprends ce que tu voulais dire, confia-t-il à Mirinn, tandis qu'ils se dirigeaient tous deux vers le foyer du théâtre. C'est captivant.

– Et ça ne fait que commencer, Hermux. La tension va croissant jusqu'à la dernière minute. Je suis contente que ça te plaise. C'est un de mes opéras préférés.

Le foyer bourdonnait. Des groupes de spectateurs discutaient, un verre à la main.

Le temps qu'Hermux installe Mirinn dans un fauteuil confortable et revienne avec du punch, les commentaires fusaient en tous sens.

– Briddy est trop grosse pour le rôle.

– N'importe quoi. Elle est superbe.

– Elle est trop vieille. Il est temps qu'elle cède la place à des chanteuses plus jeunes.

– Ridicule. Elle est à son apogée. Personne n'a son sens musical.

– Sa voix est bonne, je te l'accorde, mais elle ne sait pas jouer. Même sur sa fin, alors qu'elle avait presque perdu sa voix, Mallis était plus électrique. Elle *était* la Noctuelle !

– Moi, je l'ai trouvée merveilleuse, dit Hermux à Mirinn. Mais peut-être que je me trompe.

– Elle *est* merveilleuse, confirma Mirinn. C'est juste le sport préféré des amateurs d'opéra : chacun adopte un point de vue catégorique et campe sur ses positions. Ça maintient le taux d'adrénaline pendant l'entracte.

Levant la tête, Hermux aperçut alors une grande souris distinguée, l'air avenant, qui venait à leur rencontre.

– Mirinn Stentrill, dit celle-ci d'une voix basse et agréable, quel plaisir de vous avoir parmi nous. C'est moi, Ortolina Perriflot.

– Ortolina, répondit Mirinn en se tournant vers elle. Comment allez-vous ?

– Je suis débordée, bien sûr. À croire que je fais partie de tous les comités du monde. Mais cela va changer. Maintenant que papa n'est plus là, j'ai repris son travail à l'Institut.

– J'ai été navrée d'apprendre la nouvelle. Comment vous en sortez-vous ?

– Il me manque, le vieux bougre. Je crois qu'il me manquera toujours, mais je continue mon chemin. Et vous, Mirinn ? Comment allez-vous ?

– Oh, j'arrive à rester active, dit-elle d'un ton rassurant. Mes amis me rendent visite et j'essaie d'aller à des concerts. Oh ! ajouta-t-elle. Pardonnez-moi. Je vous présente mon cher ami Hermux Tantamoq, l'horloger. Hermux se découvre un intérêt pour l'opéra.

– Enchantée de faire votre connaissance, monsieur Tantamoq, dit Ortolina. Non, je vous en prie, ne vous levez pas. Je dois filer, de toute façon. Il faut que j'aille féliciter Tucka et Rink. Ils ont fait un travail formidable. J'avais quelques doutes, mais je dois reconnaître que c'est une production superbe. Je vous appellerai, promit-elle à Mirinn. Je n'ai pas renoncé au projet d'organiser votre rétrospective au musée. Au revoir, monsieur Tantamoq. Essayez de la convaincre qu'une exposition lui ferait du bien. Et à nous aussi.

Ortolina s'éloigna. Sa tête à l'étonnant pelage doré se distinguait nettement dans la foule.

– Une exposition au musée ? demanda Hermux.

– Oui. Il y a dix ans, ça m'aurait enthousiasmée. Mais pas maintenant. Ça ressemblerait trop à mes propres funérailles. C'est au-dessus de mes forces. Et la pitié aussi est au-dessus de mes forces. Un peu de pitié de temps à autre, c'est plutôt réconfortant. Mais beaucoup, tout d'un coup, c'est étouffant.

Hermux se rendit compte que Mirinn était troublée. Songeant qu'elle désirait peut-être rester seule un instant, il s'excusa et partit chercher deux autres verres de punch. Pendant qu'il faisait la queue, il admira l'énergie de la foule bigarrée et s'efforça de saisir certains détails de ce qu'il voyait, comme le lui avait suggéré Mirinn.

– Splendide, non ?

Hermux se retourna. Pup Schounagliffen, un calepin à la main, lui souriait de toutes ses grandes dents.

– Merveilleux, répondit Hermux. Je ne suis pas souvent allé à l'Opéra jusqu'à présent.

– Oh, elle a une voix exceptionnelle, ce soir. Un peu dodue, néanmoins. Lisez ma critique demain. Bien sûr, ce n'est pas la Mallis. Mais qui peut prétendre l'égaler ? Même la Mallis n'a pas été la Mallis très longtemps. (Pup changea abruptement de sujet.) Qui est votre amie, là-bas ?

– Mirinn Stentrill, l'artiste.

– Ah oui. L'artiste. J'ai vu son travail. Je n'aurais jamais deviné qu'elle était aveugle. Un peintre aveugle. Voilà un bon sujet.

– En fait, elle ne peint plus. Donc, ce n'est pas un peintre aveugle, c'est un peintre qui est devenu aveugle. Et c'est une personne très jalouse de sa vie privée, conclut Hermux d'un ton protecteur.

– Ne le prenez pas mal, vieille souris, je ne fais que mon boulot de chroniqueur d'art à la chasse aux infos. Écoutez, Tantamoq, j'ai l'impression que vous vous trouvez pile au cœur de l'actualité artistique. J'aimerais faire votre portrait. Je vous vois comme une sorte de souris de la rue à la lisière de l'Art, qui se pose la question : « Que signifie tout ça ? » En gros, c'est l'idée. Naturellement, il me faudra l'accord de mon rédacteur en chef. Mais réfléchissez-y, vous voulez bien ? Ah, voilà Tucka et Rink. Je dois les interviewer. Je vous reverrai plus tard.

Sur ces mots, il disparut.

Lorsque Hermux rejoignit Mirinn, il la trouva au centre d'un petit attroupement. Tucka Mertslinn s'était encastrée dans le fauteuil voisin de Mirinn et souriait avec bienveillance, tout en gesticulant avec son éventail. Pup Schounagliffen leur posait des questions à toutes les deux.

– Et vous ne vous êtes pas revues depuis ? demanda-t-il.

– Non. Quand Mlle Mirinn m'a renvoyée de son cours, j'ai quitté les Beaux-Arts. En fait, c'est en partie à elle que je dois mon succès phénoménal. Sans elle, j'aurais pu finir comme tous ces vieux peintres barbants dont l'atelier croule sous les toiles invendues.

Hermux vit que Mirinn accusait le coup.

– Ce qui n'est pas du tout votre cas, ma chère, poursuivit innocemment Tucka. Mais vous comprenez ce que je veux dire. J'avais une vision plus large des choses, c'est tout. Ah, monsieur Tantamoq ! La souris que je cherchais !

– Moi ? bafouilla Hermux, qui faillit en lâcher ses deux verres de punch.

– Oui, répondit-elle avec une douceur subite. Je me demande si je pourrais vous prier de venir à mon bureau demain matin, pour une affaire d'une importance considérable.

Tous les yeux se tournèrent vers Hermux. « Mon Dieu, le budget pour le hall ! songea ce dernier avec effroi. Il doit être monstrueux. »

– Je... je... je... j'en serais ravi, bien sûr, acquiesça-t-il à contrecœur.

– Parfait ! conclut Tucka avec une fermeté qui fit vibrer violemment l'essaim de notes musicales accroché à sa tête. À 10 heures précises. Et maintenant, veuillez m'excuser. Ne retardons pas le lever de rideau.

Quelques instants plus tard, chacun regagnait sa place.

*Chapitre 14*

# La forêt menacée

Après la passion et le désespoir de l'acte I, Hermux trouva l'acte II un peu décevant.

Les habitants de la forêt arrivaient en procession devant les portes du château et gravissaient lentement (un peu trop lentement) les marches du palais pour solliciter une audience auprès du Roi. Après quoi, le Roi et la Reine, les princes et les princesses, le Premier ministre, le Premier ministre ajdoint, les dames d'honneur, les chevaliers et toute une tripotée de courtisans (qui avaient chacun leur mot à dire sur la situation) sortaient des profondeurs du château.

Alors le crapaud-héraut du Peuple de la forêt prit la parole. Il expliqua que Kathë la Noctuelle gitane dévorait les frondaisons, qu'il ne resterait bientôt plus une seule feuille dans la forêt et que, ce jour-là, ils périraient tous. Ce qui sous-entendait, bien sûr, que le Roi et sa cour seraient vite à court de personnel.

Dans un roulement de tambour, un groupe de personnages encapuchonnés fit son entrée et se déploya tout autour du Roi.

« Encore une procession, songea Hermux, qui n'avait pas une passion démesurée pour ces dernières. Il doit s'agir des Inquisiteurs de la forêt. »

Une dispute enflammée éclata entre le Peuple de la forêt, les Inquisiteurs et les courtisans quant à la solution à adopter.

Hermux se surprit à repenser à l'entracte. « Incroyable, songea-t-il. J'ai rencontré Ortolina Perriflot, la femme la plus riche du monde. Elle est bien plus gentille que je n'aurais cru. Et je vais peut-être me faire interviewer pour un article de presse. » Hermux reporta son attention sur la scène. La dispute redoublait d'intensité, et la Flamme éternelle semblait prendre du volume. Il ouvrit doucement son programme et le feuilleta dans la pénombre.

Il crut distinguer une grande photo de Tucka Mertslinn au verso. Une photo qui ressemblait à Tucka, du moins. Seulement dans le noir, elle paraissait beaucoup plus jeune.

Dans l'orchestre, une cymbale claqua, et Hermux leva les yeux. Les habitants de la forêt étaient tous agenouillés devant le Roi. Les Inquisiteurs avaient rabattu leurs capuches, découvrant de sinistres masques, blancs comme de l'os. Le Roi tendait un immense manuscrit, probablement l'arrêt de mort de Kathë au Messager, lequel était interprété par une marmotte mâle à l'allure très svelte, avec une jolie voix de baryton. La Flamme éternelle brûlait avec ardeur, projetant des ombres menaçantes sur la toile de fond. Le Messager fit sa sortie sur une note aiguë, dans une grande envolée de manches, et le rideau tomba comme une guillotine.

Les lumières se rallumèrent dans la salle. Avec stupéfaction, Hermux vit qu'effectivement un énorme gros plan de Tucka Mertslinn le regardait depuis le programme. Elle n'avait pas simplement l'air plus jeune : elle était radieuse et incontestablement rajeunie.

M I L L É N I U M
LE COMPTE À REBOURS A COMMENCÉ.

COSMÉTIQUES TUCKA MERTSLINN
On a l'âge de son visage !

*Chapitre 15*

# Tucka tend un piège

– Ça t'ennuierait que nous restions ici pendant cet entracte ? demanda Mirinn. Je ne me sens pas d'attaque pour une nouvelle série de surprises.

– Pas du tout, répondit Hermux. Tu sais, Ortolina Perriflot m'a vraiment étonné. Je ne l'imaginais pas du tout comme cela. Elle a l'air très gentille, en fait.

– Oh, Ortolina est une chic fille. Elle est dans sa période de maturité, maintenant. Elle a vécu des moments très difficiles.

– D'où la connais-tu ?

– Je la connais depuis qu'elle est gamine, j'ai peint son portrait. Ce fut une de mes premières commandes. C'était une enfant malheureuse, gâtée à certains égards et démunie à beaucoup d'autres. Elle m'en voulait de la faire poser. Quel enfant aimerait rester assis sans bouger, d'ailleurs ? Néanmoins, comme j'avais terriblement besoin d'argent, j'ai persévéré. Et nous avons fini par conclure une sorte de trêve. Une histoire de nounours en guimauve que je devais lui apporter en cachette. À cette époque, Perriflot commençait ses recherches sur les caries dentaires et il lui interdisait de manger des bonbons. Depuis, Ortolina et moi sommes en très bons termes. Cela dit, ce n'est pas quelqu'un que j'aimerais me mettre à dos.

– Et Tucka ? demanda Hermux. Raconte-moi tout. Qu'a-t-elle bien pu faire pour que tu la renvoies de ta classe ?

– Je dois te dire que Tucka était brillante, aucun doute là-dessus. Mais ce n'était pas une bosseuse. Elle m'avait promis une série de peintures monumentales à message social, or la fin du trimestre approchait et je n'avais toujours rien vu. Et puis elle a disparu de la circulation. Elle s'est barricadée dans son atelier en nous en refusant à tous l'accès. Tout cela était terriblement mystérieux.

Tu peux imaginer à quel point nous étions impatients de découvrir ce qu'elle fabriquait. Un beau jour, elle a affiché un panneau annonçant son exposition. Nous y sommes tous allés, les étudiants comme les professeurs. Elle était même parvenue à faire venir le journal universitaire et le quotidien municipal. Elle a ouvert la porte de son atelier, et tout le monde s'est engouffré à l'intérieur. La pièce était totalement vide. Un horrible couinement a retenti, émis par des haut-parleurs dissimulés Dieu sait où.

Et figure-toi qu'au beau milieu de l'atelier, dressée sur une estrade, se trouvait une énorme, une hideuse souricière. C'en était une vraie, je suppose, même si je préfère ne pas imaginer comment Tucka avait mis la patte dessus.

Toujours est-il que la tapette trônait là, dans la lumière crue d'un projecteur. Avec pour appât un morceau de fromage d'un orange glauque. On se serait cru dans un dessin animé d'horreur. Tucka avait fixé un panonceau prétentieux sur une colonnette, comme dans les musées, qui disait : « L'Art est mort. À qui le tour ? À vous, peut-être. »

– Mon Dieu..., murmura Hermux.

– Avec le recul, ça ressemble au genre de farces idiotes que peut faire un étudiant des Beaux-Arts. Mais, à l'époque, ça m'avait choquée. Blessée. J'avais trouvé ça de très mauvais goût, totalement dénué de tact et même cruel, pour ne pas dire diabolique. Bien sûr, c'était probablement le message que Tucka voulait faire passer. Toujours est-il que je n'ai pas compris, et je l'ai très mal pris. J'ai hurlé et je l'ai traitée de barbare. Je lui ai ordonné de quitter mon cours. Et tout le monde connaît la suite, comme le dit pompeusement Tucka. Je n'ai aucun mal à imaginer le plaisir qu'elle a dû éprouver à se retrouver en vedette avec moi ce soir. Sa vieille prof gaga... Et aveugle, à présent, par-dessus le marché. Quel juste retour des choses ! Du moins à ses yeux.

Hermux ne savait pas quoi répondre.

– À propos de barbares, hasarda-t-il. Ce journaliste dit qu'il aimerait m'interviewer en ma qualité de « barbare des temps modernes ». Le regard d'une souris de la rue sur l'Art. J'imagine qu'il me tournera en ridicule.

– Pourquoi pas, Hermux ? Ce pourrait être amusant. Il y a beaucoup de choses ridicules dans l'art. Tu auras peut-être le temps d'écrire dans ton calepin d'ici là.

– J'ai l'intuition que ce serait une erreur fatale de montrer à Pup mes tentatives de réflexion sur la beauté. Merci, mais je crois que je préfère ne pas courir le risque.

*Chapitre 16*

# Sentiments

Mirinn avait raison pour *La Noctuelle gitane*. Dans un sens, l'histoire était grotesque. Mais, lorsque Kathë abandonna le Pourfendeur guerrier endormi dans son repaire pour s'éloigner à tire-d'aile dans la nuit, Hermux sentit sa gorge se serrer. « Adieu, vie aussi cruelle que la mort », chanta Kathë, décrivant des cercles de plus en plus étroits au-dessus de la Flamme éternelle avant de plonger brusquement vers son destin ardent.

Hermux éclata en sanglots. Mirinn lui serra la patte. Elle sortit plusieurs mouchoirs en papier de son sac à main et lui en tendit une poignée.

Pendant que le rideau descendait et que les applaudissements et les ovations fusaient de toutes parts, Hermux s'essuya les yeux et se moucha.

Ils ne parlèrent pas beaucoup dans le taxi qui les ramenait chez Mirinn. Ils étaient tous les deux perdus dans leurs pensées. Hermux raccompagna Mirinn à sa porte.

– Mille mercis, lui dit-il. Je n'avais aucune idée de ce que je ratais. Je n'oublierai jamais cette soirée.

– Tu es très gentil, Hermux. Et tu as fière allure ce soir. Je ne te vois pas, mais j'en suis sûre. Bonne nuit.

Hermux décida de rentrer chez lui à pied. La bruine avait cessé ; dans l'air radouci flottaient les riches parfums de la terre humide et de la végétation qui revenait à la vie. Quand il se glissa dans son lit, il était véritablement épuisé. Mais, au moment d'éteindre la lumière, il se souvint du carnet à croquis de Mirinn. « Je ne vais quand même pas ne rien écrire le tout premier jour », se dit-il. Il se leva, alla chercher le carnet et un crayon dans son bureau, prit un verre de jus de pomme à la cuisine, puis se cala contre une pile d'oreillers pour se remémorer sa journée.

> À l'aube, une teinte rosée s'empara subrepticement de la cité obscure, effaçant la nuit et nimbant les immeubles endormis de la promesse dorée du matin...

« Non, se dit-il. Je devrais sans doute dire “la promesse rosée du matin”. »

Il barra la phrase et recommença.

> La nuit, enfin épuisée, relâcha son étreinte étouffante sur la cité et s'en fut vers l'ouest, telle une amoureuse éconduite.

« Voilà qui est mieux, pensa-t-il. Plus énergique. Plus précis. Et plus... enfin, plus ridicule, je suppose. Si je veux commencer par le lever du soleil, j'ai intérêt à me réveiller de bonne heure demain matin pour voir à quoi ça ressemble vraiment. »

Il raya à nouveau son texte.

Et resta longuement assis sans écrire un mot. Il se rappela les différentes étapes de la journée. La visite à Mirinn. Son jardin. L'opéra. Briddy Van Der Larken, Ortolina Perriflot et Tucka Mertslinn. Il pensa à la souricière. Il pensa à une noctuelle gitane aux ailes brun, ambré, pourpre et noir, qui volait dans la nuit vers une flamme dorée.

« À part l'opéra, ce fut une journée ordinaire de la vie d'un horloger ordinaire. Pourtant, je ne me sens pas ordinaire. Je me sens transformé. »

Il reprit la plume et se mit à écrire, lentement et posément.

> Avant tout, merci pour l'amitié. Merci pour les boutons de manchette. Et pour les alouettes cantatrices costumées en noctuelles de carnaval. Merci pour les salles de théâtre obscures. Et même pour les souricières. Merci pour Terfèle. Pour les draps en coton, les oreillers moelleux et le jus de pomme. Merci pour le fromage.

Là-dessus, Hermux posa le carnet à dessins, éteignit la lumière, ferma les yeux et s'endormit.

*Chapitre 17*

# Rencontre au jardin d'Éden

À dix heures moins cinq exactement, Hermux pénétra dans le vaste hall du Palais de la Beauté Tucka Mertslinn. Malgré lui, il fut impressionné par la somptuosité des lieux. Le sol et les murs étaient en marbre blanc. Le plafond en dôme, blanc également, étincelait de mille feux. De grandes lettres flottaient le long de la paroi arrondie, composant distinctement les mots : Palais de la Beauté Tucka Mertslinn. Elles étaient blanches elles aussi, tout comme l'uniforme du gardien posté à la réception. La seule note de couleur provenait d'une gigantesque composition florale dressée au centre du hall, d'étonnantes fleurs tropicales rouges qui avaient un petit air vaguement carnivore.

Douloureusement conscient que son costume vert écossais jurait dans cette étendue de blancheur impitoyable, Hermux trotta jusqu'à la réception et dit au gardien qu'il avait rendez-vous avec Mme Mertslinn.

Le réceptionniste passa un coup de fil, puis indiqua d'un coup de menton la direction des ascenseurs.

– Neuvième étage, susurra-t-il.

En sortant sur le palier du neuvième, Hermux se trouva face à une souris au physique assez ingrat qui portait un vilain tailleur marron et des lunettes énormes.

– Monsieur Tantamoq, dit-elle, je me présente : Blanda Nergup. Je suis l'assistante personnelle de Tucka Mertslinn. Mme Mertslinn vous attend. Veuillez me suivre, s'il vous plaît.

Malgré sa grande taille, Blanda Nergup avait le dos tellement voûté qu'Hermux, qui dépassait rarement les gens, bénéficia d'une vue plongeante sur l'arrière de sa tête, couronné d'un pelage des plus étranges et des plus hirsutes : très dru et inhabituellement long. Il se dit que cette souris avait vraiment une drôle de dégaine. Mais il se reprit : « Il faut que j'essaie de garder l'esprit ouvert. Elle travaille dans la mode, elle doit savoir ce qu'elle fait. C'est peut-être juste une question d'habitude. » Il n'empêche que les poils de Mlle Nergup paraissaient extrêmement secs. Hermux, qui avait encore à la mémoire le sort funeste de la Noctuelle gitane, espéra qu'elle était prudente quand elle se trouvait près d'une source de chaleur.

Blanda ouvrit la double porte qui desservait le bureau privé de Tucka et fit signe à Hermux d'entrer.

– Mme Mertslinn arrive dans un instant.

Le bureau de Tucka avait la splendeur d'un nuage de barbe à papa. La moquette était si épaisse qu'Hermux devait soulever les pieds bien haut pour éviter de trébucher dans les longs poils de laine.

Une table trônait sur une estrade au beau milieu de la pièce. On aurait dit un gros gâteau d'anniversaire glacé de moulures blanches et dorées. Il était jonché de téléphones, de papiers, de tasses à café, de brosses, de peignes, de tubes de rouge à lèvres et de bombes de laque à fourrure.

Hermux contourna le bureau pour rejoindre la baie vitrée et leva les yeux vers les tours scintillantes de la ville. La vue, comme on dit dans les magazines, était imprenable. Tucka était sans conteste un capitaine d'industrie. « Ce doit être merveilleux, songea-t-il, de voir le monde s'étendre sous ses fenêtres. »

Ses rêveries furent interrompues par une voix stridente qui semblait jaillir du mur, derrière le bureau. Hermux s'aperçut qu'il y avait effectivement une petite porte, et qu'elle était entrebâillée.

C'était la voix de Tucka. Et ce n'était pas sa voix des bons jours, c'était l'autre. Hermux connaissait bien la différence à présent. Cette voix-ci, c'était celle qui lui hérissait le duvet de la queue, qui le faisait claquer nerveusement des dents. Comme il n'était sans doute pas censé entendre ces paroles et qu'il ne voulait pas qu'on le surprenne à écouter aux portes, il se replia vers le canapé, à l'autre bout de la pièce, escalada les coussins et s'assit.

Brusquement, la voix de Tucka grimpa d'une douloureuse octave.

– Je te préviens, Mennus, cria-t-elle, j'ai beaucoup trop misé sur ce projet pour accepter le moindre délai supplémentaire ! Nous sommes à moins d'un mois du lancement. Si la formule n'est pas prête à temps, tu n'auras plus à t'inquiéter pour les traites de ta clinique, parce que, une fois que je t'aurai réglé ton compte, mon petit bonhomme, tu seras grillé comme médecin. Et tu pourras t'estimer heureux de décrocher un boulot de shampouineur de grillons dans une animalerie ! Suis-je bien claire ? hurla-t-elle en guise de conclusion.

On entendit le bruit d'un combiné raccroché brutalement. Quelques instants plus tard, Tucka faisait son entrée, la mine hargneuse. Elle se frottait fébrilement les doigts avec un mouchoir en papier.

Hermux regarda les mains de Tucka : ses griffes semblaient dégouliner de sang. Le souffle coupé, il se leva d'un bond... et renversa la pile de rapports financiers qu'il avait apportés pour démontrer, documents à l'appui, que leur immeuble disposait de fonds limités.

– Vous ici ! couina Tucka d'un ton excédé.

Elle gagna son bureau et pressa un des boutons de l'interphone.

– Nergup ! aboya-t-elle. Amenez-vous !

– Tucka, s'exclama Hermux, que s'est-il passé ?

Pour toute réponse, Tucka le toisa, puis elle attrapa une poignée de mouchoirs en papier et se frotta les doigts de plus belle.

Blanda Nergup accourut en haletant.

– Apportez une tasse de café à M. Tantamoq ! hurla Tucka. Et enlevez-moi ces horribles lunettes, espèce d'idiote ! Vous faites vraiment tout pour me provoquer !

Blanda retira ses épaisses lunettes rondes à grosse monture en plastique et rebroussa chemin en clignant péniblement des yeux. Tucka disparut dans son vestiaire. Hermux ramassa ses papiers épars et retourna s'asseoir sur le canapé.

– Madame teste de nouvelles formules de vernis à ongles, ce matin, expliqua Blanda tout en servant du café à Hermux. Elle est très stressée, ces jours-ci, avec le lancement et tout le reste.

Sur ces entrefaites, Tucka les rejoignit en souriant d'un air angélique, comme si de rien n'était.

– Monsieur Tantamoq ! lança-t-elle de sa voix charmante. Comme c'est gentil à vous d'être venu !

Hermux se contenta de hocher prudemment la tête.

– Vous n'êtes pas sans savoir, poursuivit-elle en regardant ailleurs, que je m'apprête à lancer le produit le plus révolutionnaire de l'histoire des cosmétiques. La ligne du Millénium. La jeunesse éternelle dans un flacon, monsieur Tantamoq ! Le jardin d'Éden, rien de moins. « Jardin d'Éden », un croisement de la médecine et de la cosmétologie comme le monde n'en a pas connu depuis l'ère légendaire des pharaons !

Hermux hocha de nouveau la tête, feignant de comprendre parfaitement de quoi il retournait.

– Mais je suis tombée sur un hic.

Elle se tut et le silence, dans la pièce, se fit horriblement pesant.

– C'est ridicule, en réalité, reprit-elle. Seulement voilà. Nous nous heurtons à un problème de conditionnement. J'ai engagé les meilleurs designers, les créateurs les plus brillants de la profession. Sans résultat. Je n'ai rien qui tienne vraiment la route. Rien qui ait de la classe. De la présence. De l'impact. Et puis hier je me suis dit : c'est sur le *temps* que nous travaillons. C'est le temps que nous arrêtons. Et c'est alors que j'ai pensé à vous. Qui est mieux placé qu'un horloger pour connaître le temps ? Sans oublier votre collection, bien sûr. Je me suis alors rendu compte, monsieur Tantamoq, que vous déteniez la solution. Nous nous inspirerons des formes classiques de la montre et de l'horloge pour concevoir nos flacons.

Hermux hochait toujours la tête.

– Demain, je vous enverrai ma nouvelle assistante, la charmante Blanda Nergup, que vous avez rencontrée. Elle procédera à une sélection de montres et d'horloges parmi votre collection. Mes stylistes les étudieront ; ils feront des dessins et des moulages à partir desquels nous coulerons nos flacons. Et vos pièces rares deviendront immortelles. Naturellement, nous vous remercierons d'une manière ou d'une autre pour votre concours. Votre nom sera mentionné quelque part. Oh, pas nécessairement de façon trop visible, bien sûr, mais bon, une inscription quelconque en petits caractères sur la brochure, ou peut-être à l'intérieur du fond du flacon.

– Hum, fit Hermux d'un ton hésitant. Je ne sais pas trop...

– Ah bon, et pourquoi diable ? rétorqua férocement Tucka. Avez-vous la moindre idée de la longévité d'une souris ? Ou d'un écureuil ? Ou d'un hamster ? Savez-vous ce que c'est de se ratatiner, de vieillir et de mourir ?

Je vais mettre fin à ce supplice. Et vous ne me barrerez pas la route !

Brusquement, elle se ressaisit et reprit sa voix aimable.

– Bien évidemment, ajouta-t-elle on ne peut plus cordiale, vous n'avez aucun souci à vous faire. Nous prendrons le plus grand soin de vos montres. Nous ne reculerons devant aucune précaution pour qu'elles vous reviennent en parfait état, exactement comme nous les aurons reçues. Vous n'avez absolument pas à vous inquiéter. Tout cela sera fait selon la procédure établie.

– La procédure établie ? demanda Hermux.

– Bien sûr, le rassura-t-elle. Ce genre de chose se fait tous les jours, dans le métier. C'est de la routine, rien de plus. Ne vous inquiétez donc pas davantage.

Elle appuya de nouveau sur le bouton et bêla dans l'interphone :

– Nergup ! Ici tout de suite !

Mlle Nergup pointa le museau par la porte.

– Monsieur Tantamoq vous recevra demain pour vous montrer sa collection, expliqua-t-elle affablement. Elle se retourna vers Hermux. Quelle heure avez-vous dit, monsieur Tantamoq ?

– Je n'ai rien dit, en fait.

Tucka le fusilla du regard.

– Mais je crois que dans la matinée, ça irait. Sur le coup de 11 heures, peut-être ?

– Formidable ! Mlle Nergup se présentera à votre boutique demain matin à 11 heures. Encore merci d'être venu. C'est absolument merveilleux de vous voir, Tantamoq, mais il faut vraiment que je me remette au travail. Nergup, raccompagnez monsieur à la porte !

Hermux rassembla ses papiers. Tucka semblait avoir complètement oublié le hall d'entrée, pour le moment. Et il n'avait aucune envie de remettre le sujet sur le tapis.

Lorsqu'il sortit de l'ascenseur, il trouva le hall de l'immeuble transformé en véritable ruche : une équipe d'écureuils volants en salopette de peintre blanche installait d'énormes panneaux d'affichage tout autour de la pièce. La publicité qu'il avait vue dans le programme de l'Opéra s'y répétait presque à l'infini. Cerné de tous côtés par le visage de Tucka agrandi à une échelle aussi monumentale, Hermux éprouva un certain malaise. Tucka paraissait beaucoup plus jeune sur les photos que quelques instants plus tôt, dans son bureau. Peut-être était-ce l'éclairage.

– Exaltant, non ?

Hermux se retourna et vit Pup Schounagliffen qui lui souriait.

– Elle est incroyablement photogénique, n'est-ce pas ? Cette souris est un génie ! Et son retoucheur aussi... !

– Bonjour, Pup ! Que faites-vous ici ?

– Je suis là pour la rubrique Santé et Beauté. Je prépare un papier sur sa nouvelle ligne de cosmétiques, répondit-il. Tucka fait partie des grands annonceurs, et c'est mon boulot de faire un peu de bruit autour du lancement de la ligne. Vous avez vu ma critique d'hier soir ? Qu'en pensez-vous ?

– Elle m’est un peu passée au-dessus la tête.

– Hé, c’est pas grave, vieille souris ! C’est l’effet recherché. Je ne fais que mon boulot.

À cet instant éclata un fracas de coups de marteau, puis une bannière se déroula au-dessus des portraits de Tucka.

M I L L É N I U M
LE COMPTE À REBOURS A COMMENCÉ.

Plus que 29 jours !
COSMÉTIQUES TUCKA MERTSLINN

*Chapitre 18*

# La mission de Blanda

Hermux était de bonne humeur, le lendemain matin, en ouvrant le magasin. Il faisait beau, le vent avait chassé les nuages et sa journée de travail s'annonçait passionnante.

Plaoutt Sandigrin avait hérité d'une énorme horloge à coucou à la mort de son grand-oncle. Ce dernier l'avait achetée pour sa femme au cours de leur voyage de noces dans le Grebbenland. Pendant plus de cinquante ans, elle avait trôné dans leur salle à manger.

Pour une horloge à coucou, elle était étonnamment complexe. Le boîtier avait l'apparence d'une cabane de rondins, avec une cheminée de pierre et des fenêtres closes par des volets en écorce de bouleau. L'horloge ellemême était activée par des poids en bronze en forme de pommes de pin, fixés à de très longues chaînes. Le pendule était un nid de coucou en bois sculpté où se pressaient trois oisillons qui ouvraient le bec et réclamaient à manger quand leur mère, au-dessus d'eux, annonçait l'heure en chantant. Enfin, deux écureuils, perchés sur le toit, criaillaient bruyamment à la demie.

Sur le cadran figuraient les différentes phases de la lune. L'horloge était arrivée chez Plaoutt dans une grosse caisse en bois. Plaoutt l'avait déballée lui-même ; il l'avait accrochée au mur et l'avait remontée en tirant sur les pommes de pin en bronze.

Après quelques ronronnements encourageants, la porte du coucou s'était ouverte. Maman coucou était sortie en poussant un cri aigu. Les écureuils avaient commencé leurs braillements. Les oisillons s'étaient mis à réclamer. Tout cela faisait un beau vacarme. « Plutôt splendide ! » avait décrété Plaoutt.

Mais le tintamarre ne s'était pas arrêté là. Maman coucou avait continué de piailler, et il fallait bien admettre que sa voix n'était pas des plus mélodieuses. Les écureuils braillaient toujours. Et les bébés réclamaient de plus belle. Là-dessus, le carillon avait retenti vigoureusement.

À ce stade, Plaoutt, pris d'inquiétude, avait cherché un bouton quelconque pour arrêter l'horloge. En vain. Le petit Plaoutt junior avait éclaté en sanglots déchirants. Mme Sandigrin s'était plaqué les mains sur les oreilles en criant à tue-tête : « Arrête-la, Plaoutt ! Arrête-la ! »

Seulement, Plaoutt n'arrivait pas à comprendre ce qu'elle disait, car Maman coucou avait attaqué le duo d'amour de *La Noctuelle gitane*. Quant aux écureuils, ils le bombardaient à présent avec des glands en bois. Et ça faisait drôlement mal !

En désespoir de cause, Plaoutt avait attrapé les deux chaînes par leurs extrémités et tiré dessus de toutes ses forces. L'horloge avait hoqueté et s'était tue sur un dernier râle abominable ! Maman coucou avait cessé de siffler et s'était immobilisée sur son perchoir, le regard dans le vide. Les oisillons s'étaient arrêtés de réclamer, le bec béant, les yeux au plafond. Les écureuils avaient renoncé à bombarder Plaoutt de glands et se tenaient silencieux, leur superbe queue bouffante figée droit derrière leur dos.

C'est alors que Plaoutt avait appelé Hermux. Voilà pourquoi l'horloge à coucou gisait actuellement sur son établi, en partie désossée, et que *L'Encyclopédie des horloges à coucou et de leurs fabricants* était ouverte sur son bureau.

Après des semaines de bracelets-montres qui avancent et de montres de gousset qui retardent, Hermux avait hâte de s'attaquer à un bon vieux coucou récalcitrant.

Il était parvenu à démonter la tête des deux écureuils et il étudiait le mécanisme de transmission qui faisait bouger leur queue lorsque la porte du magasin s'ouvrit, livrant passage à Mlle Nergup.

– Bonjour, monsieur Tantamoq ! Comme c'est gentil à vous de me recevoir.

– Bonjour, mademoiselle Nergup, répondit aimablement Hermux.

Hors du Palais de la Beauté Tucka Mertslinn, Blanda Nergup semblait beaucoup plus alerte et moins voûtée. Elle avait tout de même une étrange façon de coiffer sa fourrure. Ce jour-là, elle avait rabattu sa tignasse sur un côté de la tête et l'avait tressée en deux nattes volumineuses qui se dressaient à la verticale. Une longue frange lui cachait presque entièrement les yeux.

– Cela ne vous ennuie pas si je les mets ? demanda-t-elle en sortant ses grosses lunettes de son sac à main. Tucka m'interdit de les porter en sa présence, mais je suis aveugle comme une taupe.

– Mais je vous en prie ! Vous venez exprès pour examiner la collection. Alors, autant que vous puissiez la voir.

Hermux se dirigea vers son coffre-fort, fit tourner la petite clé dorée dans la serrure et ouvrit la lourde porte métallique.

– Avez-vous une idée de ce que vous aimeriez trouver ? demanda-t-il.

– Je voudrais quelque chose de merveilleux. Sans quoi, j'ai peur de me faire renvoyer. Mme Mertslinn est une patronne très exigeante. Je tremble à la pensée de la décevoir. Et ce poste représente tellement pour moi.

Hermux retira un plateau de velours noir, le posa sur le comptoir et braqua dessus le faisceau lumineux de la lampe.

– Voici des montres-pendentifs du XVIIe siècle, expliqua-t-il, elles sont absolument splendides, en émail sur or. Celle-ci est ornée d'une carte de l'Empire occidental. Regardez, il y a même des dragons qui nagent dans la mer.

– Ravissant ! s'exclama Blanda.

– Et celle-là est en argent. Un modèle plus simple et plus récent. C'est une montre des tout premiers temps du chemin de fer. XIXe siècle. Le train est gravé sur le côté, au-dessous d'un croissant de lune.

Hermux lui fit admirer des montres-colliers et des montres musicales, des oignons, des montres dissimulées dans des pommeaux de canne ou serties dans des manches de poignard. Il lui montra des pendulettes qui indiquaient le mouvement des planètes et des étoiles, et d'autres qui donnaient les marées, des horloges-lanternes, des réveils de voyage au boîtier pliant incrusté de pierres précieuses, et des montres-squelettes totalement dépourvues de boîtier.

Au bout d'une heure, il s'arrêta.

– C'est une collection remarquable que vous avez là, monsieur Tantamoq, dit alors Blanda Nergup. Je suis très honorée de l'avoir vue. Vos pièces sont étonnantes, et plusieurs feraient merveille pour le fond de teint Millénium, la brillantine à pelage ou la touche bonne humeur. Le problème, c'est que le premier produit de notre ligne est l'Élixir Millénium. C'est un liquide qui se prend par voie orale, du moins à ce que j'en sais au jour d'aujourd'hui. Le récipient doit donc faire office de flacon, voyez-vous.

– Ah, fit Hermux. Un flacon... j'ai peut-être une idée.

Il plongea la patte au fin fond du coffre et en extirpa une boîte de cuir noir qu'il déposa délicatement sur le comptoir. Il ouvrit le fermoir du couvercle et déplia les panneaux latéraux. À l'intérieur se trouvait un splendide sablier de cristal soufflé enchâssé dans une structure d'or ciselé.

– C'est une merveille ! s'exclama Mlle Nergup, le souffle coupé. Une pure merveille !

– C'est mon arrière-arrière-arrière-arrière-arrière-grand-père qui l'a fait. Croyez-vous que cela pourrait convenir ?

– Cela conviendra parfaitement. Mme Mertslinn va adorer. Cet objet est l'incarnation absolue du *temps*.

– Vous en prendrez grand soin, naturellement.

– Le plus grand soin. Je vous assure que nous vous le retournerons en parfait état.

– Que vont-ils en faire, au juste ? demanda Hermux.

– J'imagine qu'ils vont réaliser un moulage, qu'ils affineront dans un deuxième temps. Et bien sûr ils devront concevoir un système d'ouverture et un bouchon. Mais la forme et les proportions sont parfaites telles quelles. J'en suis persuadée.

– C'est plutôt excitant, non ? dit Hermux. On le verra dans le monde entier.

– On le verra et on le touchera dans le monde entier, renchérit Mlle Nergup. Je crois que votre arrière-arrière-arrière-arrière-arrière-grand-père en serait très fier.

– J'en suis assez fier moi-même, lui confia Hermux.

*Chapitre 19*

# Penchants mécaniques

Après avoir pris congé de Mlle Nergup, qui avait emporté le sablier soigneusement emballé, Hermux se remit au travail. Il redressa les tringles des écureuils, ce qui s'avéra assez facile. Ensuite, il retira le panneau arrière de l'horloge pour étudier le mécanisme de sonnerie qui gouvernait la maman coucou, les oisillons, les écureuils et le carillon. Il s'agissait d'un petit cylindre métallique, denté selon une disposition complexe. À chaque rotation du cylindre, les dents faisaient bouger une petite tige ou une goupille, lesquelles régissaient les mouvements des personnages de l'horloge. De nombreuses dents étaient usées, et certaines avaient complètement disparu. La pendule était encore plus ancienne qu'Hermux l'avait pensé au départ.

Il dessina un relevé très précis du cylindre denté, mesura les dents avec un minuscule calibre, et il s'apprêtait à en découper de nouvelles dans une feuille de laiton lorsque la porte du magasin s'ouvrit pour la deuxième fois.

– Monsieur Tantamoq ! Comme je suis soulagée de vous trouver ! Nock a fait de gros dégâts...

C'était Cladenda Noddem. Hermux sortit de son atelier.

– Allons bon ! Qu'a-t-il fait encore ?

– Il s'est amusé à tordre des pièces de 1 *cent* dans les rouages de l'horloge de son grand-père. L'une d'elles est restée coincée, et maintenant l'horloge s'est arrêtée. J'ai bien peur qu'elle soit définitivement bousillée, ce coup-ci. Je ne sais plus quoi faire de ce garçon.

– Voyons, ce n'est peut-être pas si grave que ça. Des pièces de 1 *cent*, hein ? Pourquoi donc ?

– Il les revend aux autres enfants à l'école. À 5 *cents* la pièce de 1 *cent* ondulée. Il dit qu'il a gagné 5 dollars. Je l'ai averti que cet argent servirait à réparer l'horloge, et jusqu'au dernier sou.

– Si je venais chez vous, cette fois-ci ? proposa Hermux. Ce n'est pas bon pour cette horloge qu'on la déplace tout le temps.

– Oh, ce serait très gentil à vous, monsieur Tantamoq.

– Sauf imprévu, je devrais en avoir terminé avec le coucou de Plaoutt Sandigrin d'ici demain. Je pourrais passer après-demain, qu'en dites-vous ? Je vous appellerai et nous fixerons une heure. Et puis, je crois que nous devrions chercher un nouveau hobby pour Nock. Un passe-temps mécanique, mais sans rapport avec les horloges.

À peine Hermux s'était-il remis à travailler sur le coucou que la sonnette de la porte d'entrée tinta pour la troisième fois.

– Vous avez oublié quelque chose ? demanda-t-il sans détacher le regard de son établi.

– Non. Je n'ai rien oublié, répondit une voix revêche.

Hermux leva la tête. Un grand rat gris au long visage étroit, penché en travers du comptoir, tendait une patte maigre aux griffes pointues vers l'étagère « À retirer ».

– Je suis venu chercher la montre de Linka Perflinker, dit-il avec un sourire déplaisant.

*Chapitre 20*

# Suivez ce rat !

– Ah ! Mlle Perflinker..., dit Hermux en sortant de son atelier. Et où est Mlle Perflinker ?

– Ça ne vous regarde pas, que je sache, répondit le rat.

– Peut-être que non, en effet. Et vous êtes ?

– Le représentant de Mlle Perflinker, dit le rat, qui passa la pointe de la langue sur ses lèvres fines comme deux lames. Mlle Perflinker est partie en mission à l'étranger.

– Pourrais-je avoir le reçu, s'il vous plaît ?

– Je ne l'ai pas sur moi, répliqua le rat avec mauvaise humeur.

– Voilà qui n'est pas régulier du tout. Je suis désolé, mais sans le reçu, je ne peux pas remettre la montre à un parfait inconnu.

– Je vais vous donner un bon conseil, mon ami, dit le rat d'une voix très nettement hostile. Donnez-moi la montre et finissons-en.

Sur ces mots, le rat se pencha encore davantage en travers du comptoir pour écraser Hermux de toute sa hauteur.

Rassemblant son courage, Hermux se fit le plus grand possible et planta le regard dans ses yeux jaunes et sournois.

– Je serais on ne peut plus ravi de vous remettre la montre... si vous me présentiez le reçu. À mon tour, maintenant, de vous donner un bon conseil. Je dirige une affaire respectable, et ce depuis toujours. Le reçu joue un rôle important dans la bonne marche de mon commerce. Ma loyauté va en premier chef à mes clients, en l'occurrence Mlle Perflinker. Je ne peux pas vous remettre sa montre sans le reçu. Vous m'en voyez désolé.

– Dis donc, la souris, lâcha le rat d'un ton acerbe, tu ne sais pas à qui tu parles !

– En tout cas, je suis de moins en moins convaincu de parler à un ami de Mlle Perflinker, ça c'est sûr. Et maintenant, à moins que vous n'ayez d'autres affaires à traiter, je vous souhaite une bonne journée !

– Je reviendrai, grommela le rat. Tu peux compter là-dessus !

– Ce sera un plaisir de vous servir. Apportez-moi le reçu et 22 dollars pour payer les frais de réparation, et vous aurez la montre. Laquelle, si je puis me permettre de le préciser, est d'une exactitude parfaite.

Le rat sortit en trombe du magasin, claquant la porte derrière lui.

Hermux attrapa son manteau et son chapeau, griffonna un petit mot qu'il afficha sur la porte du magasin, ramassa le journal du matin et se glissa dehors. Tout cela ne lui avait pris que quelques instants. Le rat était au coin nord de la rue et s'apprêtait à traverser. Hermux déplia son journal et fit semblant de le lire. Il se posta de façon à pouvoir surveiller le reflet du rat dans la vitrine de sa boutique. À peine ce dernier eut-il franchi le carrefour qu'Hermux remonta le col de son pardessus, enfonça son chapeau sur sa tête et se lança en trottinant sur les traces de l'odieux visiteur.

Il veilla à maintenir une certaine distance entre eux deux en s'efforçant de se fondre dans la foule. Tantôt il se joignait à un groupe de passants, tantôt il s'attardait devant une vitrine, tantôt il changeait de trottoir, mais pas un instant il ne le perdit de vue.

Le rat était pressé. Après s'être frayé un chemin le long des boutiques élégantes de l'avenue Ferbosh, il prit la rue Grandel sur la droite, dépassa le palais de justice ainsi que les rails du tramway, puis se dirigea vers le fleuve. Dans cette partie de la ville, les immeubles étaient plus anciens et plus rapprochés, et les rues plus étroites. Il devenait difficile à Hermux de ne pas se faire repérer, et pour finir il se laissa distancer. Au croisement des rues Grandel et Nickinn, le rat disparut d'un coup.

Hermux courut. Le coin de rue était tout entier occupé par la tour du Progrès, une grande bâtisse délabrée. Sa porte à tambour en cuivre tournait encore lentement. Hermux hésita un bref instant, puis il pénétra dans l'immeuble.

Le vestibule était complètement vide. Les portes d'un des quatre ascenseurs se fermèrent avec un claquement sonore. Hermux traversa vivement le sol de faux marbre luisant, sans quitter des yeux l'aiguille au-dessus de l'ascenseur, qui grimpa étage après étage jusqu'au vingt-cinquième. Il appuya sur le bouton d'appel et attendit avec impatience.

Pendant ce temps, il examina la carte en relief, tout en bronze, qui couvrait le mur du fond. Elle représentait l'hémisphère occidental. Une grosse étoile, en haut de la carte, signalait l'emplacement de Pinchester. Hermux suivit du regard le fleuve qui traversait les montagnes de l'Ouest et débouchait dans la région des grandes plaines céréalières ; il examina le tracé du chemin de fer qui épousait les courbes de la côte sud jusqu'aux forêts de pin, et le golfe de Tretch avec son réseau de liaisons maritimes. Puis ses yeux s'attardèrent sur la côte accidentée de Teulabonari, sur l'autre rive du vaste golfe, et il se demanda s'il y avait la moindre possibilité que Mlle Perflinker se trouve là-bas en cet instant précis. Et qu'elle soit en danger.

Une sonnerie retentit et les portes de l'ascenseur s'ouvrirent. Hermux sauta à bord et appuya sur le bouton lumineux du vingt-cinquième. Il serra les dents en anticipant le brusque départ de l'appareil et, lorsque celui-ci s'arrêta au vingt-cinquième étage, il décolla de quelques centimètres avant de sortir d'un pas hésitant. Le palier, immense, était plongé dans la pénombre. Il distingua plus d'une douzaine de portes, mais pas la moindre trace du rat.

Il partit prudemment à sa recherche, en commençant par la porte du premier bureau. Sur le verre dépoli, une inscription en lettres noires annonçait : « Abaques et bouliers, manuels et location ». Hermux écouta attentivement à la porte : pas un son.

À l'enseigne suivante se trouvait « Accordéons, entretien et réparations ». Il entendit le chant mélancolique d'un tango un peu poussif joué sur un accordéon légèrement désaccordé.

Des cris étouffés s'échappaient du bureau des « Animateurs de parcs d'attractions ». Une petite annonce écrite à la main offrait un poste de gardien de maison hantée ainsi qu'une place d'opérateur de montagnes russes, tous deux à pourvoir immédiatement.

À la porte suivante, Hermux crut reconnaître un air de piano assez triste, joué d'une seule main. Le panonceau indiquait : « Appareils pour pattes, prothèses neuves et d'occasion ». Après cela, il y avait les locaux de l'« Adieu à l'alopécie », puis ceux de l'« Association de la thérapie par l'ennui ». Hermux tendit l'oreille. Quelqu'un parlait d'une voix très basse, et il ne réussit pas à distinguer un seul mot.

Venaient ensuite l'« Astro-club » ; l'« Académie des atlas, anciens et modernes » ; l'« Atelier d'ameublement et d'aménagement des combles » ; les « Automates de laboratoire » ; et pour finir, les « Aviateurs anonymes ».

« C'est sûrement ça ! s'exclama Hermux en son for intérieur. Voilà le rapport avec Mlle Perflinker. »

Il se rapprocha furtivement et plaqua l'oreille contre le verre dépoli.

Brusquement, une porte, de l'autre côté du couloir, s'ouvrit. C'était le rat !

– Parfait ! disait-il à une employée des Automates de labo. Assemblez-le et faites-le porter au docteur Mennus le plus vite possible. Livrez-le directement à la clinique.

Sans laisser au rat le temps de l'apercevoir, Hermux tourna la poignée du local des Aviateurs anonymes et se jeta à l'intérieur, manquant atterrir sur les genoux de la réceptionniste.

– Monsieur Dingly ? demanda-t-elle avec stupeur.

– Non, répondit-il, fort embarrassé. Je suis M. Tantamoq.

– Avez-vous rendez-vous ? s'enquit-elle avec une méfiance subite.

– Euh, bien sûr, bafouilla Hermux. Enfin, non. Disons que j'avais rendez-vous. Plus exactement, j'ai rendez-vous. Mais c'est ailleurs, je le crains. Et je suis terriblement en retard.

Il regagna la porte d'un bond, l'entrebâilla et pointa le museau dans le couloir. Le rat avait disparu.

– J'appellerai pour prendre un nouveau rendez-vous, expliqua-t-il à la réceptionniste, de plus en plus intriguée. Encore merci !

Sur ces mots, il souleva son chapeau avec courtoisie, puis fonça vers les ascenseurs.

Le temps qu'il redescende dans le hall d'entrée, le rat était déjà parti. Hermux s'engouffra par la porte à tambour et l'aperçut, noyé dans la foule des heures de pointe, qui s'en retournait vers le tramway. Il se lança à ses trousses en courant.

Il le rattrapa sur le quai, juste au moment où venait de s'arrêter le tramway n° 3. Il se faufila jusqu'au wagon de queue et s'assit à la fenêtre. Le rat monta dans la voiture de tête.

Hermux déplia son journal pour se cacher. À intervalles réguliers, il l'abaissait juste assez pour surveiller le rat.

Au bout de six arrêts, le rat tira sur le cordon de la sonnette et se leva. Dissimulé derrière son journal, Hermux attendit la dernière seconde pour bondir de son siège et foncer vers la porte à son tour. Une fois sur le trottoir, il se retrouva devant la vitrine d'une épicerie de quartier. Lorsque le tramway redémarra, Hermux repéra le rat : d'un pas très décidé, celui-ci remontait une ruelle étroite et sinueuse, bordée de pavillons. Hermux le laissa prendre un peu d'avance, puis il lui emboîta le pas.

C'était juste l'heure où s'allument les réverbères. Dans l'éclairage orangé, Hermux parvint à lire l'inscription en lettres blanches sur la plaque fixée au coin de la rue :

RUE PICKDORNDEL

RUE SUPER-COURTOISE, VOISINS SUPER-COURTOIS

VOIE SANS DÉBOUCHÉ

*Chapitre 21*

# En planque

– Que fabrique ce rat dans la rue de Mlle Perflinker ? se demanda Hermux. Et s'ils étaient vraiment amis ? Ce serait affreux. Mais s'ils ne l'étaient pas ? Mon Dieu, ce serait sans doute encore pire !

Il se tapit dans l'ombre d'un laurier pour surveiller la rue Pickdorndel sans se faire voir. C'était une rue assez courte, qui finissait en impasse à la grille du jardin public. Le rat traversa. Parvenu sur le trottoir d'en face, il s'arrêta, se retourna dans la direction d'Hermux et scruta les alentours. Hermux retint son souffle.

« Il ne veut pas être suivi, c'est clair, pensa-t-il. Je me demande si je suis vraiment le rongeur de la situation. »

Le rat partit en trottinant, ouvrit un portail et s'engouffra dans l'allée de l'avant-dernière maison.

– Peu importe, soupira Hermux. De toute façon, je suis le seul qui se soit porté volontaire...

Il essaya de réfléchir à ce qu'il ferait si le rat le surprenait en train de l'espionner. Ce dernier avait tout du sale individu. Qui plus est, il l'avait menacé, à la boutique. Notre horloger regarda les villas voisines. Leurs occupants étaient peut-être super-courtois, comme l'annonçait la plaque, mais pour le moment ils brillaient surtout par leur absence.

Hermux respira à fond et s'avança, silencieux comme un spectre, dans la rue gagnée par l'obscurité.

Heureusement pour lui, un gros massif de rhododendrons occupait le jardinet de la maison qui se trouvait juste en face du numéro 3, celle où le rat était entré. Hermux se cacha dans les branches de l'arbuste et adopta une position stratégique pour guetter la suite des événements.

Il n'eut pas longtemps à attendre. Une lumière s'alluma à l'étage. Un store vénitien se ferma, mais la silhouette du rat s'y dessina en ombre chinoise, nette et menaçante. Il leva une patte osseuse, pointant les griffes vers une personne non visible. Puis serra le poing et l'agita violemment. Hermux perçut des cris lointains. Avant qu'il pût bouger, une énorme limousine noire déboucha de la rue principale sur les chapeaux de roue, enfila la rue Pickdorndel et pila devant la maison de Mlle Perflinker en dérapant.

Le chauffeur était dissimulé par sa vitre en verre fumé. Il donna un petit coup de klaxon et fit ronfler son moteur. À cet instant, la portière passager s'ouvrit sur un rat blanc et maigre aux yeux rouges. Il portait un tee-shirt noir déchiré avec une inscription en grosses lettres qui lui barrait la poitrine : RAT DE LABO. Lorsqu'il se retourna et partit en trottinant vers la maison, Hermux aperçut, au dos de son tee-shirt, un dessin représentant un rat avec des câbles de démarrage de batterie fixés aux oreilles. Le malheureux avait la fourrure hérissée de terreur électrique, la bouche ouverte sur un cri. Les mots suivants s'inscrivaient sous le dessin :

TRAITEMENTS DE CHOC !
Ne vous contentez pas
d'un statut subalterne !
Tarifs syndiqués

Chapitre 22

# Un intérieur mal tenu

Le conducteur de la limousine embraya et fit un demi-tour brusque et maladroit dans la rue étroite, mordant sur le trottoir, écrasant une plate-bande de jonquilles et arrachant au passage quelques branches du rhododendron où Hermux était tapi. Il passa brutalement la marche arrière, puis s'arrêta dans un crissement de freins devant le portail de Mlle Perflinker.

Il descendit sa vitre et Hermux le vit allumer une cigarette et jeter l'allumette dans la rue sans même l'éteindre.

« Espèce d'animal ! » se dit Hermux.

De l'autoradio s'échappait une musique tonitruante et rocailleuse. Hermux reconnut immédiatement la chanson : c'était *Pris dans les phares*, des Rats écrasés, un des groupes préférés de son neveu.

Instinctivement, il se boucha les oreilles et serra les dents. Soudain, il remarqua que la lumière du premier étage s'était éteinte. Quelques instants plus tard, le rat blanc déboucha sur le perron, en compagnie du rat gris et de Mlle Perflinker ! Ou, du moins, d'une souris habillée comme Mlle Perflinker. Hermux reconnut la casquette rouge avec sa plume vert vif, ainsi que le blouson d'aviateur en cuir. Mais Mlle Perflinker, si c'était bien elle, avait perdu tout son entrain.

Elle marchait avec effort, soutenue par les deux rats. L'encadrant avec une apparente sollicitude, ils la conduisirent à la limousine. Hermux eut l'impression qu'avant de monter en voiture, elle avait jeté un regard plein d'espoir vers les jardinets de ses voisins, mais il ne pouvait en être sûr : son visage était en partie masqué par de grandes lunettes de soleil.

Le rat gris aboya des ordres au chauffeur. La radio s'éteignit. La cigarette vola par la fenêtre. La vitre remonta.

La limousine s'arracha du bitume, franchit le stop au bout de la rue sans ralentir et s'engagea dans la circulation en faisant une queue de poisson.

Hermux bondit hors de sa cachette, trop tard pour faire quoi que ce soit, mais juste à temps pour relever le numéro de la plaque d'immatriculation :

**ATA 100 T**
Pinchester

– Eh bien, soupira-t-il avec découragement, j'ai raté ce sauvetage. Que faire, maintenant ?

Il regarda la maison de Mlle Perflinker. Le portail était encore entrebâillé. Alors il se décida. Il franchit précautionneusement la grille et gravit les marches du perron. Il écouta à la porte : pas un bruit. Il tourna la poignée, qui n'offrit aucune résistance. Il entra dans la maison et referma le verrou derrière lui. Il alluma la lumière mais, même après cette journée riche en surprises, il ne s'attendait pas à un tel spectacle.

La maison de Linka était sens dessus dessous.

Hermux passa du petit vestibule à ce qui ressemblait à un salon – ou plutôt à ce qui avait dû l'être avant de disparaître sous un amas de détritus. La pièce était jonchée d'emballages de pizza, de barquettes de charcutier, de boîtes de soupe en conserve, de briques de lait, de papiers gras, de bouteilles de whisky, de bocaux de confiture, de paquets de cigarettes et de sachets de chips. Des peaux de banane, des trognons de pomme, des écorces de cacahouètes, des pelures d'orange, des squelettes de grappes de raisin, des miettes de biscuits et des coquilles d'œufs complétaient le tableau.

Dans la cuisine, c'était encore pire. Le plan de travail, l'évier, la gazinière et le sol étaient recouverts d'une épaisse couche de pâte à gâteau, de ketchup, de sirop au chocolat, de beurre, de sauce tomate, de sel, de poivre, de sucre, de vermicelles multicolores et de guimauve.

Sans parler de la vaisselle sale éparpillée dans toute la maison : verres, cuillers, assiettes, soucoupes, tasses, bols, casseroles et couteaux traînaient sur la table, le canapé et la télévision. Sur le tapis, les étagères et les marches de l'escalier. Et même à côté du téléphone.

Hermux courut vers l'appareil et appela la police.

*Chapitre 23*

# La déposition du témoin

– Doucement, doucement, monsieur Tantamink, interrompit le policier de garde, au téléphone.

– Tantamoq ! Monsieur Tantamoq ! C'est *moq*, pas *mink*, corrigea Hermux.

– Bien sûr. Alors, monsieur Mock. Reprenons depuis le début. Vous voulez signaler la disparition d'une certaine Mme Perflinker...

– Mlle Perflinker.

– OK. Vous dites que Mlle Perflinker vous a porté sa montre à réparer. Et qu'ensuite elle a oublié de venir la reprendre.

– Non ! Je ne pense pas qu'elle ait oublié, loin de là. Je pense qu'on l'en a empêchée.

– OK. Quelqu'un, sans nul doute un dangereux personnage, l'a empêchée d'aller retirer sa montre. Alors, vous avez suivi cet individu jusqu'à la maison de la demoiselle. Et vous avez vu arriver une limousine. La demoiselle est montée en voiture, et elle est partie.

– Elle portait des lunettes de soleil !

– OK. Elle portait des lunettes de soleil à ce moment-là.

– Et sa maison est sens dessus dessous ! Il y a des assiettes sales partout !

– OK. Des assiettes sales partout.

– Et j'ai relevé le numéro d'immatriculation.

– Récapitulons, si vous le voulez bien. Le témoin a le numéro d'immatriculation. Écoutez, monsieur Mock...

– Tantamoq !

– OK. Monsieur Tantamoq. Vous connaissez bien Mlle Perflinker, dites-moi ?

– Eh bien..., en fait je ne l'ai vue que la fois où elle est venue au magasin. Mais j'ai lu des articles sur elle et j'ai le sentiment de la connaître très bien. C'est une souris très spéciale.

– OK. Je ne doute pas que ce soit une souris très spéciale. Je ne doute pas non plus, d'ailleurs, que vous soyez vous aussi une souris très spéciale. Mais examinons les faits. Une dame oublie de récupérer sa montre. Ce n'est pas une très bonne maîtresse de maison. Elle circule en limousine. Et elle porte des lunettes de soleil. Tout cela est très intéressant, monsieur Tantamoq. Simplement, je ne crois pas que ce soit nécessairement du ressort de la police.

– Mais je suis persuadé qu'elle est dans un fichu pétrin. Elle est partie avec trois rats très sournois.

– Surveillez vos paroles, monsieur Tantamoq. Je suis un rat moi-même, et fier de l'être. Pas d'insultes, je vous prie.

– Je ne disais pas cela parce que ce sont des rats. Mais ce n'étaient pas des rats très gentils. Ils étaient de la pire espèce imaginable. Pas le genre de rats avec qui Mlle Perflinker serait amie. Et ils ne se comportaient pas du tout en amis...

Hermux se tut. Il avait entendu un grincement dehors. Il regarda vers la porte d'entrée : une silhouette se dressait sur le perron.

C'est alors qu'il vit la poignée tourner.

*Chapitre 24*

# Le coup de l'enveloppe

Hermux raccrocha sans bruit. Il fouilla désespérément la pièce du regard, en quête d'un objet contondant qui pût lui servir d'arme. Il saisit la plante sur la table, et s'approcha de l'entrée à pas furtifs.

– Linka, dit une voix féminine. Tu es là ?

On tambourina vivement à la porte. Silence.

– Écoute, reprit la voix, nous avons reçu cette lettre par erreur. Elle est pour toi. Passe nous voir, tu nous manques !

Le rabat en cuivre de la fente du courrier s'ouvrit ; une enveloppe blanche traversa l'air et glissa sur le sol.

Hermux entendit des pas descendre les marches du perron et s'éloigner dans l'allée. Il posa la plante et s'agenouilla pour ramasser la lettre. Elle était adressée à Linka Perflinker, d'une belle écriture fine. Mais ce furent le cachet postal et le nom de l'expéditeur qui retinrent l'attention d'Hermux.

La lettre provenait du docteur Turfip Dandiffer, hôpital des Bons-Amis, Pollonia, Teulabonari.

Hermux la plaça en évidence sur l'étagère, de façon que Mlle Perflinker la voie à son retour. Il ramassa la plante pour la remettre à sa place sur la table. Ce faisant, il effleura son feuillage touffu et brillant, qui dégagea un arôme agréable et épicé, entre la cannelle et la noix de muscade.

– Mmmm..., fit Hermux. Ça sent drôlement bon. Je me demande ce que c'est.

Il regarda la plante de plus près. Une languette de plastique blanc était fichée dans le pot.

*Arroser quand la terre est tout à fait sèche.*

Hermux tâta délicatement la terre. Elle était granuleuse comme du sable.

– M'est avis qu'il est grand temps de l'arroser, dit-il.

Sur ces mots, il alla chercher un récipient propre à la cuisine. Dans l'évier, il trouva une tasse couverte d'une croûte épaisse qui ressemblait à un reste de soupe de tomates desséchée. Hermux la récura, la remplit d'eau fraîche et l'emporta au salon. Il arrosa doucement autour de la plante. L'humidité dégagea une nouvelle bouffée d'arôme, avec des accents de clou de girofle cette fois.

Hermux détacha une des petites feuilles charnues, la cassa en deux, la renifla et en grignota prudemment un bout.

– Mmmm, répéta-t-il. Le goût est très frais.

Il glissa le reste de la feuille dans sa poche et éteignit la lumière, s'apprêtant à partir.

Arrivé à la porte, il jeta un dernier coup d'œil sur la pièce. Dans la pénombre, il distinguait toujours nettement la lettre du docteur Dandiffer.

Il pensa à Mlle Perflinker. Il se rappela sa démarche hésitante, lorsqu'elle avait rejoint la limousine. Il se souvint de la voix rocailleuse du rat gris. Il repensa à sa conversation avec le policier. Alors il traversa le salon, prit la lettre du docteur Dandiffer et la fourra dans sa poche.

– C'est peut-être un boulot dangereux et déroutant, dit-il avec une sombre détermination, mais je dois le faire.

Il tira la porte derrière lui sans enclencher le verrou et s'enfonça dans la nuit.

*Chapitre 25*

# Des événements préoccupants

Hermux rentra chez lui sans incident. Il nourrit Terfèle, puis se prépara son dîner : sardines et pain grillé. Il était trop inquiet au sujet de Mlle Perflinker pour avoir vraiment faim. Tout en mangeant, il regardait la lettre du docteur Dandiffer, calée contre le sel et le poivre, sur la table de la cuisine. Il avait l'étrange sentiment que la lettre contenait un indice sur la disparition de Linka.

Après le dîner, il se prépara du thé. Pendant qu'il infusait, Hermux ralluma le feu sous la bouilloire, prit la lettre du docteur Dandiffer sur la table et l'approcha de la bouilloire, exactement comme il l'avait vu faire au cinéma.

– Quand faut y aller, faut y aller, dit-il fermement.

La vapeur fit son effet. En quelques instants, la colle se mit à fondre et le rabat de l'enveloppe à rebiquer. Hermux posa l'enveloppe sur le plan de travail et tira tout doucement sur le rabat pour l'ouvrir.

Ensuite, il glissa la patte à l'intérieur et en sortit une feuille simple pliée en deux. Il la déposa sur le plateau à thé et emporta le tout dans son bureau.

– Eh bien, Terfèle, confia-t-il à sa coccinelle, me voici

face à une nouvelle carrière. Soit comme détective, soit comme taulard. L'avenir seul le dira. Si la seconde hypothèse s'avère la bonne, je te demanderai des conseils de décoration pour ma cage.

Il se servit une tasse de thé, remonta ses lunettes et ouvrit la lettre.

*Chère Linka,*

*Les nouvelles ne sont pas bien bonnes. Je me suis cassé la patte ; une mauvaise fracture, à ce qu'il paraît. Je vais devoir rester au moins une semaine de plus en convalescence à l'hôpital. Mon accident s'est passé dans des circonstances plutôt bizarres. Par mesure de précaution, j'ai temporairement interrompu les recherches. Je vous expliquerai les détails à mon retour.*

*Je suis désolé de vous déranger à nouveau, mais j'ai encore un service à vous demander. Je vous envoie un colis contenant le journal de l'expédition, ainsi que quelques échantillons que j'ai préparés pour le labo. Pourriez-vous le remettre au docteur Jervutz, à l'Institut Perriflot, comme vous l'avez fait pour la plante de lune ? Il est extrêmement important que le docteur Jervutz ait le colis au plus vite.*

*Je ne puis tout vous expliquer à l'heure actuelle, sachez toutefois que Jervutz soupçonne qu'on lui intercepte son courrier à l'Institut.*

*Excusez-moi d'être aussi mystérieux, mais la situation a pris une tournure inquiétante depuis votre départ.*

*Bien à vous,*
*Dr Turfip Dandiffer*

« Voilà qui est étrange, songea Hermux. Ici aussi, les événements ont pris une tournure inquiétante. Et, sans être détective, je me doute bien qu'il y a un rapport. Demain matin à la première heure, j'appellerai ce docteur Jervutz et je verrai bien ce qu'il me dira. Ensuite, je contacterai Pup Schounagliffen pour lui demander s'il peut m'aider pour le numéro d'immatriculation. »

Hermux se brossa les dents, se peigna les moustaches et le pelage, puis alla se coucher. La journée avait été longue et mouvementée. Il se glissa dans son lit et éteignit la lumière. Mais il ne put trouver le sommeil. L'image de Mlle Perflinker cachée derrière ses lunettes de soleil, parcourant la rue du regard en quête de secours, le hantait. Mais cherchait-elle vraiment du secours ? Ce n'était pas l'avis de la police.

Il repensa à la lettre de Dandiffer, qui évoquait des embûches dans la jungle et des intrigues à l'Institut. Il se souvint de sa première rencontre avec Linka Perflinker. Il se souvint de son audace. De sa verve et de sa détermination. Puis il se rappela qu'il n'avait rien écrit dans son journal.

Tout fatigué qu'il était, il ralluma sa lampe de chevet, ouvrit son journal et retira le capuchon de son stylo.

– De quoi devrais-je me réjouir, aujourd'hui ? se demanda-t-il à voix haute.

Toute cette affaire avait beau être perturbante, il devait bien reconnaître qu'il ne s'était pas senti aussi excité depuis des années. Sans doute depuis qu'il avait préparé son dernier examen d'horloger. Il prit la plume et écrivit :

> Merci pour les surprises et pour l'aventure. Merci pour les gentilles souris comme Blanda Nergup, pour les intrigues, pour les chenapans comme Nock Noddem, pour les policiers sceptiques. Merci pour les ascenseurs, les trams et les journaux. Merci pour les voisins courtois. Pour les règles à suivre et les règles à enfreindre. Et merci d'avance pour une bonne nuit de sommeil.

*Chapitre 26*

# Un optimisme inattendu

Le lendemain matin, Hermux sauta du lit dès le lever du soleil. Il courut à la salle de bains, fonça sous la douche et se frotta vigoureusement de la tête aux pieds. Il s'essuya en sifflotant. Il peigna son pelage en fredonnant. Il sourit à son reflet dans le miroir. Même ses moustaches avaient l'air plus guillerettes que d'habitude. Il ne prit pas la peine de les gominer.

« Bonté divine, songea-t-il. Mlle Perflinker court peut-être un danger mortel, Dandiffer est au lit avec une jambe cassée, un mauvais coup semble se tramer à l'Institut, et pourtant, je suis en pleine forme. En fait, j'ai même envie de chanter. »

Et c'est ce qu'il fit. Il chanta pour Terfèle en retirant la housse de sa cage. Il chanta tout en faisant griller ses tartines. Il chanta en préparant son porridge et son verre de jus d'orange. En fait, il ne cessa de chanter que pour attaquer son petit-déjeuner.

Tout en mangeant, il prenait des notes sur un bloc.

Appeler le Dr Jervutz

Appeler Pup S.

Chercher infos sur le rat aux Automates de laboratoire

Il détacha la feuille, la plia et la glissa dans sa poche. Puis il se brossa les dents et courut au magasin.

À 9 heures précises, il appela l'Institut Perriflot.

– Je voudrais parler au docteur Jervutz, s'il vous plaît, dit-il à la standardiste, qui lui passa le bureau du docteur Jervutz.

Pas de réponse.

Il tenta ensuite sa chance à *La Sentinelle*.

– Nous n'attendons pas M. Schounagliffen avant 11 heures, lui répondit-on au journal.

Hermux laissa son nom et son numéro de téléphone en demandant que Pup le rappelle.

Il ne restait plus que les Automates de laboratoire. Hermux ferma le magasin et s'engagea d'un pas vif dans l'avenue Ferbosh. Devant les magasins, les pots et les jardinières débordaient de jonquilles et de tulipes précoces.

« Quelle belle matinée pour partir à l'aventure ! » se dit-il.

Le soleil avait percé les nuages, et la ville semblait lavée pour le printemps. Hermux tourna dans la rue Grandel, traversa les rails du tramway et alla droit à la tour du Progrès.

Le hall était désert, comme la veille. Hermux prit l'ascenseur jusqu'au vingt-cinquième étage. Il longea le couloir d'un pas résolu, en passant devant « Abaques et bouliers, manuels et location », « Accordéons, entretien et réparations », « Animateurs de parcs d'attractions » et « Appareils pour pattes », puis devant l'« Astro-club » et l'« Atelier d'ameublement et d'aménagement des combles ».

Il hésita un instant devant la porte des « Automates de laboratoire ». Puis il tourna la poignée d'une main ferme et pénétra dans le bureau. C'est seulement lorsque la porte se referma silencieusement derrière lui qu'il se rendit compte qu'il n'avait pas du tout réfléchi à ce qu'il allait dire.

– Puis-je vous aider ? s'enquit un écureuil à la mine sérieuse, vêtu d'une impeccable blouse blanche.

Il était debout devant une grande caisse d'emballage et cochait, semblait-il, des articles sur un bordereau d'expédition.

Hermux eut un passage à vide total. Puis il vit « Mennus » écrit au crayon gras au bout de la caisse.

– Je venais prendre des nouvelles de la commande du docteur Mennus, bafouilla-t-il.

– Je suis justement en train de la finir. Un analyseur chimique à sensibilité élevée et un concentrateur ultrarapide. J'ai joint les manuels et les notices explicatives de chacun. Mais dites au docteur Mennus que je serais tout de même plus rassuré si nous venions faire l'installation nous-mêmes à la clinique.

– Cela vous ennuierait que je jette un coup d'œil au bordereau ? demanda Hermux.

– Pas du tout, répondit l'écureuil en lui tendant son bloc à pince. Tout est en règle. Je n'ai plus qu'à fermer la caisse. Elle devrait arriver à la clinique en début d'après-midi.

Hermux examina la liste. L'équipement était destiné à :

Dr Hiril Mennus
Clinique du Dernier-Recours,
Remise en forme et recherches médicales
Route de la Vallée-des-Brumes
Pinchester

Quant à la facture, elle était libellée à l'attention de :

Projet du Millénium
Cosmétiques Tucka Mertslinn

*Chapitre 27*

# Révélation

Le temps qu'Hermux regagne le magasin, il était déjà 11 heures. Il composa le numéro de l'Institut Perriflot.

Le docteur Jervutz était à son bureau.

– Docteur Jervutz, commença Hermux. Je m'appelle Hermux Tantamoq, et je vous téléphone de la part de Mlle Linka Perflinker.

– Ah ! Mlle Perflinker. Je me souviens d'elle. Elle m'a appelé il y a quelques semaines et je lui ai donné rendez-vous. Une personne assez mystérieuse... Elle m'a affirmé qu'elle avait un colis important à me remettre de la part du docteur Dandiffer, de Teulabonari. Là-dessus, elle m'a posé un lapin et n'a plus jamais fait signe. Désire-t-elle prendre un nouveau rendez-vous ? demanda-t-il d'un ton méfiant.

– Non. Elle n'est pas disponible pour le moment. C'est moi qui souhaite vous voir. J'ai une lettre du docteur Dandiffer que j'aimerais vous remettre.

– Dandiffer ! Bon sang de bonsoir ! Nous avons perdu tout contact avec lui depuis quinze jours. La radio est coupée, plus aucune nouvelle ! Quand pouvez-vous venir ? Je suis libre en fin de journée. Cinq heures et demie, ça vous conviendrait ?

– Oui. Je serai là à cinq heures et demie.

– Parfait. Je vais prévenir le service de sécurité de votre visite.

– Docteur Jervutz ? demanda Hermux.

– Oui ?

– Je me demandais si je pouvais vous poser une question... Que fait le docteur Dandiffer à Teulabonari, au juste ?

– C'est de notoriété publique, Tantamoq. Le docteur Dandiffer est ethnobotaniste, spécialisé dans l'utilisation médicale des plantes tropicales.

– Que cherche-t-il ?

– Il travaille pour moi. Je suis le directeur du programme de recherche sur le vieillissement de l'Institut Perriflot. Le docteur Dandiffer est à la recherche de la fontaine de Jouvence.

Chapitre 28

# En quête de jeunesse

Sa conversation avec le docteur Jervutz avait à la fois intrigué et soulagé Hermux. Certaines pièces du puzzle commençaient à se mettre en place. En tout cas suffisamment, se dit-il, pour prouver qu'il y avait bel et bien un puzzle à assembler.

Le téléphone sonna.

C'était Pup.

– Tantamoq ? Ici Pup. Quoi de neuf ?

– Pup, j'ai un service à vous demander.

– Avec plaisir, mon vieux !

– Pouvez-vous faire une recherche sur un numéro d'immatriculation pour moi ? J'ai besoin de trouver quelqu'un.

– Une souricette vous a tapé dans l'œil, hein ? demanda Pup en riant. Et vous voulez lui mettre la patte dessus ?

– On peut dire ça comme ça.

– OK, donnez-moi le numéro. Ça peut prendre un jour ou deux, selon que mes informateurs ont beaucoup de travail ou non.

– Le numéro est ATA 100 T, dit Hermux d'une voix lente et claire.

– ATA 100 T, répéta Pup tout aussi distinctement. Ça ne devrait pas poser de problème. Je vous rappelle dès que j'ai quelque chose.

Sur ces mots, Pup raccrocha.

Tout en regardant distraitement par la fenêtre, Hermux s'efforçait de tirer des conclusions cohérentes de ce qu'il avait appris sur Linka, Tucka, Dandiffer et Mennus.

– Toute cette histoire tourne autour de la jeunesse, dit-il en tirant sur un poil de sa moustache.

Dans la rue, sur le trottoir d'en face, un jeune écureuil rayé en short et polo jaune vif arrachait un à un les pétales des tulipes du pot que Téasila Tentriff avait placé devant l'entrée de son académie. Hermux ouvrit la porte du magasin et cria :

– Eh, toi là-bas, le rayé ! Arrête immédiatement ! Laisse ces fleurs tranquilles, tu as compris ?

L'écureuil rayé regarda Hermux en remuant nerveusement la queue. Il serrait encore une corolle dans sa patte. La moitié des tulipes étaient déjà dégarnies et leurs grandes tiges vertes se balançaient toutes nues au vent. L'écureuil rayé s'éloigna le long du trottoir en jetant de temps à autre un coup d'œil derrière lui pour s'assurer qu'Hermux ne lui donnait pas la chasse.

Mais Hermux l'avait déjà oublié. Tandis qu'il regardait les tulipes, une idée lui avait effleuré l'esprit, mais il n'arrivait pas à remettre le doigt dessus. Pensif, il saisit un autre poil de sa moustache entre deux griffes et l'étira.

– Voilà qui est étrange, murmura-t-il.

Non seulement le bout de sa moustache ne pendait pas, mais il rebiquait carrément, comme un tire-bouchon.

D'un coup, il comprit. C'était la plante ! La plante qu'il avait trouvée sur la table de Linka. Ce devait être cette plante que Dandiffer avait envoyée à Jervutz. Linka ne la lui avait jamais remise. Les rats l'avaient faite prisonnière dans sa propre maison.

– C'est pour ça que je suis tellement en forme, aujourd'hui. C'est la plante qui m'a revigoré. Il faut que je la récupère avant eux, quels qu'ils soient !

Une fois de plus, Hermux ferma sa boutique et se précipita dehors. Il adressa un salut joyeux à Téasila Tentriff qui venait de découvrir ses fleurs saccagées, donna un coup de chapeau à Erlin Bray qui descendait les marches du palais de justice, puis il sauta sur le quai du tramway et attendit le 3.

Le 1 arriva en premier. Puis le 4. Et enfin le 3. Hermux grimpa à bord et compta les stations avec impatience jusqu'à la rue Pickdorndel. Il tira sur le cordon de la sonnette et descendit pile devant l'épicerie.

– Mon Dieu ! dit-il, je n'ai rien mangé depuis le petit-déjeuner. (Il regarda sa montre : presque 14 heures.) Pas étonnant que j'aie faim. J'ai intérêt à prendre un sandwich, si je ne veux pas défaillir.

L'épicerie était fraîche et propre, et il y flottait une délicieuse odeur de fromage, de noix, de galettes de maïs et de mélasse. Hermux appuya sur la sonnette du comptoir vitré ; aussitôt un gros geai bleu sortit de l'arrière-boutique en s'essuyant les ailes sur son tablier.

– Je voudrais un sandwich au fromage, s'il vous plaît. Avec de la salade et de la mayonnaise.

– Quel pain ?

– Froment aux noisettes.

– Un peu de moutarde à l'asticot ?

– Oui, c'est une bonne idée.

– Quelque chose à boire ?

– Un soda au miel.

– Deux dollars, dit le geai bleu en tendant à Hermux un sac en papier soigneusement fermé. Désirez-vous une serviette ?

– S'il vous plaît.

Hermux descendit lentement la rue Pickdorndel en direction de chez Linka. Il s'efforçait de paraître naturel et décontracté, au cas où l'un des voisins courtois de Linka l'aurait aperçu. Lorsqu'il atteignit son portail, il l'ouvrit rapidement et remonta l'allée. Il jeta un coup d'œil dans la rue pour s'assurer que personne ne le regardait, puis il s'introduisit dans la maison.

Tout était exactement comme il l'avait laissé. Un bazar épouvantable.

Mais une nouvelle surprise désagréable l'attendait dans le salon. La plante avait disparu. Elle était là quand il était parti, la veille au soir. Or tout ce qu'il en restait à présent, c'était un rond clair dans la poussière de la table, à l'ancien emplacement du pot.

Il se souvenait très bien d'avoir remis la plante sur la table. Il regarda dans la cuisine. Il regarda à côté du téléphone dans le couloir.

La plante avait bel et bien disparu.

À ce moment-là, quelqu'un frappa à la porte d'un coup sec et Hermux sentit tous ses poils se dresser.

*Chapitre 29*

# Le facteur Hermux

– Un colis pour Perflinker ! lança une voix étonnamment familière.

Hermux se faufila jusqu'à la fenêtre et pointa le nez par le rideau. Lista Blenwippel était sur le perron, un paquet à la main.

Hermux ouvrit grand la porte.

– Lista, quelle surprise de te voir ici ! s'exclama-t-il avec soulagement.

– Hermux, répliqua Lista, quelle surprise de te voir ici !

Ils se dévisagèrent avec embarras pendant un long moment. Puis Hermux sourit.

– Je garde la maison d'une amie, dit-il en refermant la porte derrière lui, pour que Lista ne voie pas le désordre qui régnait à l'intérieur.

– Mais bien sûr ! Ton amie ! (Un grand sourire illumina le visage de Lista. Elle aurait quelque chose à raconter pour le restant de la semaine.) Et où est-elle ?

– Elle est à la campagne, pour le moment. (Hermux baissa la voix et poursuivit sur le ton de la confidence :) Pour une mission plutôt délicate.

– Je n'en soufflerai pas un mot, mentit Lista sans une seconde d'hésitation.

L'excitation lui donnait le vertige. Son cœur battait la chamade. Elle envisagea de modifier son itinéraire du matin pour pouvoir commencer par le café de Lanayda Prink. Histoire de lui montrer, à Lanayda, qui était informé dans cette ville. Mais non, ce n'était pas une bonne idée. La nouvelle se répandrait comme une traînée de poudre, si elle la lui confiait. Il lui faudrait garder Lanayda pour la fin de sa tournée. « Désolée, Lanayda, se dit-elle, tu vas devoir attendre ton tour. Dans cette affaire, les nouvelles ont priorité sur le courrier. »

– Est-ce qu'il faut que je signe quelque part ? demanda Hermux.

– Quoi ? sursauta Lista, arrachée à ses rêveries.

– Dois-je signer un papier pour le colis de Mlle Perflinker ?

Il la regarda avec curiosité. Elle avait l'air encore plus dans la lune que d'habitude.

Elle lui tendit le paquet et fourragea dans ses poches.

– Doux Jésus ! dit-elle. Je l'ai là quelque part. Ah, le voici. Tu peux signer là. Écris ton nom. Et juste audessous, ajoute « Pour Linka Perflinker ».

Hermux prit son stylo et signa le reçu.

– Tu te rends bien compte que ce n'est pas très régulier de te laisser signer à sa place. Mais comme je te connais si bien... Et puis, comme je sais que Mlle Perflinker et toi... êtes... enfin... très proches, quoi, il n'y aura pas de problème. Mais dis-lui que la prochaine fois, elle devrait penser à déposer un avis de vacances, pour que je sache qu'elle est absente.

– Tu as tout à fait raison, je le lui dirai. Ça ne se reproduira pas. Merci de ta compréhension. À demain matin, alors.

Hermux prit le paquet et rentra dans la maison.

Ce jour-là, quand elle acheva sa tournée de la rue Pickdorndel, Lista était bel et bien rayonnante.

*Chapitre 30*

# Un et un font deux

« J'espère qu'elle sait tenir un secret ! » se dit Hermux, qui refermait la porte à verrou tout en regardant Lista s'éloigner le long de la rue.

– J'ai une faim d'adolescent. À croire que l'excitation stimule l'appétit.

Il récupéra son casse-croûte et chercha du regard un endroit suffisamment propre où s'installer. Il n'avait pas l'embarras du choix : il finit par s'asseoir au pied de l'escalier. Il déballa son sandwich et mordit dedans goulûment.

Le fromage était piquant, légèrement âcre, avec une petite pointe de moisi. Le pain était frais, généreusement garni de cresson croquant et acidulé. Hermux plissa le nez de plaisir et ferma un instant les yeux pour mieux savourer.

Il ouvrit la bouteille de soda au miel et en avala une bonne rasade.

– Maintenant, je peux réfléchir, dit-il.

Et pour réfléchir, il réfléchit. Tout d'abord, la plante avait disparu. Elle avait un rapport avec l'élixir de

Jouvence que cherchait Dandiffer. Et, à en juger par sa forme olympique toute la journée de la veille, c'était probablement un des ingrédients clés. Ensuite, Tucka et le docteur Mennus étaient impliqués dans l'affaire, d'une manière ou d'une autre. Apparemment, Tucka n'avait pas que des problèmes de conditionnement pour son élixir : tout donnait à penser qu'elle ne détenait pour l'heure aucune formule. Tertio, Dandiffer s'était retrouvé mystérieusement cloué sur un lit d'hôpital, privé de tout moyen de communication, et il avait suspendu l'expédition. Quatrièmement, et ce point était le plus important à ses yeux, Linka avait été kidnappée. Il lui semblait maintenant évident qu'on l'avait retenue prisonnière dans sa propre maison. Et les rats l'avaient emmenée en lieu sûr, à présent. À moins... Hermux ne voulait même pas imaginer les alternatives.

– Revenons à la plante, dit-il tout haut. Il lui était plus facile de garder les idées claires s'il les énonçait de vive voix. Manifestement, les rats qui l'ont enlevée après l'avoir faite prisonnière ignoraient tout de la plante, sans quoi ils l'auraient emportée avec eux. Soit ils ont forcé Linka à leur révéler son existence, soit ils l'ont découverte par d'autres moyens. Mais je n'en ai parlé à personne, sauf au docteur Jervutz. Jervutz ! Mais il est certainement du côté de Dandiffer. Quoique... ?

Hermux consulta sa montre. Il était presque l'heure de se mettre en route pour son rendez-vous à l'Institut Perriflot.

Avant de partir, il eut envie de jeter un coup d'œil à l'étage. Au sommet des marches, il déboucha sur un petit corridor tapissé de photographies encadrées de Linka avec son avion. Elle avait un petit monomoteur argenté. Un emblème était peint sur la carlingue : un cœur rouge avec des ailes dorées, souligné de l'inscription « Audace et Altitude ! ». Sur une des photos, on la voyait dans le cockpit, qui agitait la main. Sur une autre, elle était debout près de l'hélice et riait. Sur une troisième, elle était agenouillée sur une aile. Sur toutes, son visage enjoué regardait Hermux droit dans les yeux. À nouveau, il en eut le cœur tout chaviré. Il devait la retrouver et s'assurer qu'elle était saine et sauve.

Il commença son inspection par la pièce qui donnait sur la rue. C'est là qu'il avait vu la silhouette du rat se dessiner sur le store. Il s'agissait manifestement de la chambre de Linka. Elle était d'une propreté immaculée et le lit était soigneusement fait, bordé d'un couvre-lit de chenille blanc.

– Visiblement, ce n'est pas quelqu'un qui néglige son intérieur. J'ai bien peur qu'elle ait été la victime d'hôtes indésirables. Il ouvrit la penderie : impeccablement rangée. Il regarda sa coiffeuse : chaque objet était à sa place. Il passa au tiroir, en espérant à moitié y trouver un appel au secours qui lui serait adressé. Il fouilla dans la corbeille à papiers. Mais, à part un tas de mouchoirs en papier, il n'y avait rien. Pas de petit mot de détresse roulé en boule. Aucun indice arraché d'un bloc-notes.

Il retourna dans le couloir et essaya l'autre porte. C'était le bureau de Linka. Du moins avant qu'ils ne le mettent à sac. Ils avaient jeté par terre tous les tiroirs et les avaient vidés. Les livres des étagères gisaient sur le sol. Les photos avaient été décrochées du mur. Les coussins de son fauteuil étaient éventrés, le rembourrage éparpillé.

– S'il y avait le moindre indice ici, dit Hermux, il a disparu. Je crois que je ferais mieux de m'en aller.

Il descendit et prit le colis du docteur Dandiffer. Puis il jeta un dernier coup d'œil et aperçut les vestiges de son déjeuner sur l'escalier.

– Tss, tss ! se gourmanda-t-il. Je n'ai aucune raison d'être mal élevé !

Il ramassa la bouteille, le sac et l'emballage du sandwich, les emporta à la cuisine et les jeta à la poubelle. Ensuite, il regarda sous l'évier et trouva un cabas. Il y mit le paquet de Dandiffer et s'apprêta à partir. Mais, au dernier moment, il remonta à l'étage et se planta devant les photos de Mlle Perflinker. Il décrocha celle où elle se tenait devant l'hélice de son avion. Puis il redescendit, glissa la photo dans le cabas, à côté du colis, et se mit en route pour son rendez-vous avec le docteur Jervutz.

*Chapitre 31*

# Trop tard

Vu du tramway, on aurait cru qu'un festival de rue battait son plein devant l'Institut Perriflot. Les trottoirs étaient noirs de monde, et des faisceaux lumineux rouges et bleus balayaient la foule en lui donnant des couleurs de carnaval. Cependant, lorsqu'il se rapprocha, Hermux se rendit compte qu'ils provenaient des gyrophares de deux voitures de police et d'une ambulance.

Il se fraya un chemin entre les badauds.

– Que se passe-t-il ? demanda-t-il.

– Il y a eu un assassinat ! lui répondit une jeune maman à l'air soucieux. Quelqu'un s'est fait tuer à l'Institut.

– Qui ça ? demanda Hermux.

– Ils ne l'ont pas dit, mais c'est quelqu'un d'important !

Les lourdes portes en bronze de l'Institut s'ouvrirent et les ambulanciers de l'équipe de secours sortirent avec un brancard. La foule se pressa pour voir. Hermux se dressa sur la pointe des pieds. Il distingua une silhouette corpulente sous la couverture grise de la civière.

– Tragique, n'est-ce pas ? dit Pup Schounagliffen, qui passa devant Hermux en jouant des coudes, un gros appareil photo entre les mains.

Quand les secouristes hissèrent le brancard dans l'ambulance, un coin de la couverture se prit dans la porte et l'on put voir le mort.

Le flash de Pup crépita. La lumière crue tomba sur un corps contorsionné, revêtu des lambeaux d'un costume de tweed carbonisé. La victime avait le bras levé, comme si elle avait voulu parer un coup fatal. Hermux eut l'impression que la patte marron clair tendait ses doigts déformés vers lui, en un geste accusateur.

– Qui est-ce ? demanda-t-il à Pup en criant.

Pup se retourna vers lui, et ses grandes dents luisirent d'un sinistre éclat rouge dans la lumière du gyrophare de l'ambulance.

– Le docteur Jervutz, répondit-il en secouant tristement la tête. Directeur de recherches.

*Chapitre 32*

# Tout tourne

Hermux fut pris d'un haut-le-cœur. Puis submergé par une vague de panique. Il serra le cabas contre lui et scruta la foule d'un œil méfiant. Peut-être que le meurtrier était encore présent ? Peut-être même qu'il regardait Hermux en cet instant précis ?

Une voiture se fraya un chemin jusqu'à l'ambulance et s'arrêta. Le chauffeur ouvrit la portière arrière à une grande souris empreinte de dignité. Hermux la reconnut, c'était Ortolina Perriflot. Pup joua des coudes et la prit en photo. À la lueur du flash, il était clair qu'elle avait pleuré.

Les policiers ouvrirent un passage dans la foule et l'escortèrent en haut des marches de l'Institut. Hermux vit que Pup était arrivé à se faufiler derrière eux dans le bâtiment.

Après le départ de l'ambulance, la foule se dispersa. Hermux resta avec un petit groupe qui regagnait à pas lents l'arrêt du tramway. Les gens étaient bruyants et inquiets.

– Tu as vu son visage ?

– On aurait dit qu'il avait grillé.

– Peut-être une de leurs expériences.

– Cet endroit ne m'a jamais inspiré confiance !

– N'importe quoi ! Ils font des recherches importantes ici. Des travaux médicaux.

– Vu sa tête, il aurait eu besoin d'un docteur.

– Trop tard pour le docteur !

Hermux écoutait attentivement, mais il ne prononça pas une parole. Il évita même de croiser les regards. Et, lorsque le tram arriva, il attendit que tout le monde fût à bord pour monter d'un bond rapide. Par chance, il trouva une place assise. Il glissa son cabas sous le siège et cala solidement ses deux pieds dessus.

Personne ne lui prêta attention. Il n'était qu'une souris parmi tant d'autres, qui rentrait à la maison après le boulot.

Hermux ne retourna pas à la boutique. Il regagna directement son immeuble. Il emprunta à pas prudents le chemin de blocs de ciment brut qui menait du couloir obscur au vestibule et se pencha au-dessus de la caisse qui servait de boîte aux lettres commune depuis que Tucka et Rink avaient fait enlever les boîtes aux lettres individuelles. En fouillant parmi des dizaines et des dizaines de plis destinés à ses voisins, il trouva une modeste collection de factures pour lui.

Il monta dans l'ascenseur et appuya sur le bouton n° 4. La porte était en train de se refermer lorsqu'elle s'arrêta soudain et se rouvrit.

Une silhouette sombre, masquée par un capuchon noir, surgit et glissa sans bruit dans la direction d'Hermux. Lequel battit en retraite vers le fond de l'ascenseur. Le sinistre personnage continuait d'avancer. Hermux s'apprêtait à pousser un cri terrifiant, espérait-il. Mais, avant qu'il pût émettre un son, le personnage prit la parole :

– Tantamoq ! Grande nouvelle pour le flacon !

C'était Tucka. Elle rabattit sa capuche. Son visage était entièrement couvert d'une épaisse couche de fard blanc. Littéralement plâtré, en fait : on ne voyait même plus son pelage. Elle portait un casque qui ressemblait fortement à un crâne.

Hermux la dévisagea sans un mot, bouche bée.

– Oh, ça ! s'exclama Tucka en riant. C'est mon dernier produit en date. Le combiné masque/fond de teint. On le porte toute la journée, et on le retire le soir. Aussi efficace qu'un lifting. Parlons plutôt du flacon ! J'ai vu le premier prototype aujourd'hui. Je dois dire que Blanda Nergup m'a étonnée. Je ne lui aurais pas cru tant d'imagination. Nous avons eu quelques petites difficultés en coulant le moule. Mais ils le recolleront à la perfection.

Hermux faillit s'étrangler d'indignation.

– Comment ça, recoller ? s'exclama-t-il.

– Comme je vous le dis, recoller. Une fois qu'ils auront retrouvé tous les fragments, ils reconstitueront l'ensemble. Nous ne pouvions pas savoir que le verre ancien était si fragile. Franchement, vous auriez pu nous prévenir ! Mais ne vous inquiétez pas, je vous ai déjà pardonné.

– Vous voulez dire que vous avez cassé le sablier ? Le sablier que mon arrière-arrière-arrière-arrière-arrière-grand-père a fabriqué ? Et que je vous ai prêté à la condition *sine qua non* que vous le rendiez en parfait état ?

– Nom du spectre de Cléopâtre ! On ne fait pas d'omelette sans casser d'œufs, Tantamoq ! Parfois, je me demande vraiment comment vous parvenez à survivre dans ce monde. Votre précieux sablier vous sera rendu en parfait état.

– Recollé ?

– PARFAITEMENT recollé ! Vous êtes sourd ou quoi ? tonna-t-elle.

– Ce n'est pas du tout ce dont nous étions convenus, protesta Hermux.

L'ascenseur s'arrêta. Tucka tripota les boutons de ses rollers électriques.

– Écoutez, j'adorerais en causer toute la soirée, mais il faut que je file, j'ai un dîner très important, dit-elle en sortant de l'ascenseur.

– Un dîner avec le docteur Mennus ? rétorqua Hermux.

Tucka exécuta un virage en épingle à cheveux dans le couloir et revint d'un coup de roulettes rageur se planter devant Hermux.

– Que savez-vous là-dessus ? aboya-t-elle.

– Enfin, Tucka, c'est de notoriété publique, poursuivit courageusement Hermux. Mennus travaille à votre élixir de Jouvence. Il n'est pas dans les temps. Les budgets commencent à craquer, la tension monte. Etc., etc.

– Celui qui vous a dit cela n'est qu'un sale menteur. Il n'y a pas une once de vérité là-dedans. Et si vous en répétez un traître mot à qui que ce soit, je vous traînerai en justice et je vous ferai cracher toutes vos misérables économies !

Elle s'interrompit.

– Assez parlé de ça ! s'exclama-t-elle de sa voix aimable. Ce fut un plaisir de vous voir, comme toujours !

Elle décocha un sourire diabolique à Hermux, fit marche arrière sur ses rollers et s'élança dans le couloir en agitant langoureusement une patte aux griffes impeccablement laquées.

*Chapitre 33*

# La filière papiers

Hermux était trop secoué pour réchauffer son ragoût de châtaignes. Il en mangea quelques cuillerées froides à même la casserole, debout devant l'évier. Puis il le remit au réfrigérateur et ouvrit un paquet de crackers. D'un pas traînant, il regagna son bureau en mastiquant lentement, préoccupé par les événements troublants de la journée. Là, il regarda le paquet du docteur Dandiffer qui trônait au milieu de la table, comme en attente de quelque chose.

Terfèle battit bruyamment des ailes dans sa cage.

– Mon Dieu, Terfèle ! s'écria Hermux. Je t'ai complètement oubliée. Et regarde ! Ta cage est un vrai bazar. Je suis désolé, je m'en occupe tout de suite.

Il ouvrit la porte de la cage et tendit la main vers le perchoir de Terfèle. Il lui tapota doucement les pattes avant et elle se mit à escalader sa patte à petits pas.

– Tu as pris du poids, Terfèle. Bonté divine, il faut que je te fasse faire un peu d'exercice. J'appellerai Mirinn demain pour voir si je peux t'emmener passer un après-midi dans son jardin.

Terfèle grimpa le long de son bras et se percha sur son épaule, en lovant sa tête dure contre son cou. Hermux retira le plateau de la cage et l'emporta à la corbeille à papier. Il le vida soigneusement, puis il détacha le papier qui tapissait le fond, le roula en boule et le jeta dans la corbeille.

Ensuite, il posa le plateau sur une feuille de journal, en traça le contour au crayon noir et découpa le rectangle de papier avec ses ciseaux à broder argentés. Il en tapissa le plateau et le remit en place. Puis il emporta le bol et la gamelle de Terfèle à la cuisine et les lava soigneusement ; il remplit le bol d'eau fraîche et versa une généreuse poignée de pucerons séchés dans la gamelle.

– Dès demain, nous te mettons au régime, annonça-t-il. Mais ce soir, tu vas avoir besoin de toute ton énergie. J'ai beaucoup de choses à te raconter.

Il la détacha délicatement de son épaule et la remit sur son perchoir. Elle sauta immédiatement à terre et courut manger.

– Bon, attaqua Hermux en repartant vers la cuisine. Je crois qu'un bon thé s'impose, pour me calmer les nerfs et me clarifier les idées.

Une fois le thé prêt, il ajouta une boîte de sablés au chocolat sur le plateau et emporta le tout dans son bureau.

– Que je t'explique comment s'est passée ma journée, dit-il à Terfèle. Là-dessus, il se lança dans un récit détaillé en n'omettant ni son premier coup de fil sans succès au docteur Jervutz, ni sa visite aux Automates de laboratoire, son arrivée chez Linka, le meurtre de Jervutz, ni, pour finir, l'éprouvant tête-à-tête avec Tucka dans l'ascenseur.

– J'allais donner le journal de Dandiffer à Jervutz pour qu'il sauve la situation, et voilà qu'il est mort. En plus, le sablier de mon arrière-arrière-arrière-arrière-arrière-grand-père est en miettes. Et, pour couronner le tout, je viens de m'emporter contre Tucka, de sorte qu'elle sait maintenant que je suis au courant pour elle et Mennus. Alors, si c'est elle la meurtrière, je peux me considérer comme mort dès maintenant. Si c'est Mennus, j'ai sans doute jusqu'à demain. Ce qui me laisse la soirée pour démêler cette affaire.

Il but une gorgée de thé et se dirigea vers sa table de travail.

– Enfin, j'ai toujours le journal, dit-il en posant sa tasse. Autant que j'y jette un œil pour voir si je peux y apprendre quelque chose.

Il trancha la ficelle avec ses ciseaux, puis il enleva le papier kraft, découpa les timbres de Teulabonari et les mit de côté pour son neveu. Il ouvrit alors le carton. Celui-ci contenait un grand registre vert ainsi qu'une boîte à cigares scellée par du ruban adhésif.

*Chapitre 34*

# Le journal du docteur Dandiffer

PREMIER JOUR. POLLONIA, TEULABONARI.

Avons accosté hier tard dans la soirée. Debout de bonne heure pour superviser le déchargement. Manifestement, la dernière tempête a fait des dégâts. N'en connaîtrai l'étendue que demain, quand nous déballerons les caisses pour nous transférer sur le bateau qui remonte le fleuve. À la moitié du déchargement, la police est venue et nous a ordonné d'arrêter. Encore des problèmes de papiers et de permis. Un des passagers s'est montré d'une grande aide. Il parle teula mieux que moi. Gaspell Bermillonk, étudiant en médecine, venu passer un trimestre dans un hôpital de campagne. Très diplomate, avec ça. Les policiers sont repartis avec le sourire. Avons fini de décharger au coucher du soleil. J'ai invité Gaspell à dîner. Tâterai le terrain : lui proposer de se joindre à notre expédition ? Vu son expérience médicale, ce serait un compagnon précieux.

DEUXIÈME JOUR. SUR LE FLEUVE NOGONDA.

Formidable coup de chance, hier soir. L'hôpital de Bermillonk a fermé pour un mois sans prévenir. Bermillonk se joindra à nous jusqu'à la réouverture. Passé la matinée avec lui dans ma cabine à compulser les notes et les cartes de ma première expédition. Un type brillant. Il s'entend bien avec les autres. À part Glower : à mon avis, il est un peu jaloux. Ça lui passera.

TROISIÈME JOUR. CONFLUENT DE L'ILINORIS.

À midi, nous avions pénétré dans la jungle. Ici, le fleuve ressemble à un tunnel percé au cœur d'une montagne d'émeraude. De fortes pluies l'après-midi quand nous avons mis à quai. Suivies de vives émotions au dîner. Glower a trouvé un python dans sa cabine. Il serait sorti de la cale à marchandises. Il a fallu trois hommes pour le jeter par-dessus bord. Glower a été assez gravement serré par le python, il a les côtes meurtries et il est secoué nerveusement. Gaspell a offert de superviser l'embauche des porteurs, demain, pendant que je m'occuperai du ravitaillement.

QUATRIÈME JOUR. CAMPEMENT DE BASSE MONTAGNE.

Par chance, nous sommes suffisamment en altitude pour échapper un peu à la chaleur. J'espère que ça fera du bien à Glower. Il a mal au ventre. Avons dû le porter sur la moitié du trajet pour gravir la montagne. Heureusement que j'ai Gaspell pour m'aider. Demain, nous allons déballer et installer le labo et la radio.

CINQUIÈME JOUR. CAMPEMENT DE BASSE MONTAGNE.

Glower passe des moments difficiles. Épuisement, fièvre, frissons. Le pauvre. J'espère que ce n'est pas la fièvre de Tugg.

Labo et radio sont installés. Ai envoyé un message à Jervutz confirmant notre arrivée.

Cet après-midi, j'ai laissé un colis de cadeaux pour les Nerrans sous leur arbre de rencontre (1 boîte d'allumettes, 1 loupe, 1 paquet d'aiguilles à coudre, 1 bobine de fil de lin paraffiné, 1 flacon d'aspirine).

SIXIÈME JOUR. CAMPEMENT DE BASSE MONTAGNE.

Suis allé à pied à l'arbre de rencontre après le petit-déjeuner. Les Nerrans m'avaient laissé un panier d'écorce tressée contenant des cadeaux (1 orchidée naine, 1 fagot de lanières d'écorce séchée, 1 collier en ailes de coléoptères iridescentes, 1 coquille de noix remplie d'une pâte aromatique foncée. Et une feuille de banane séchée roulée comme un manuscrit). Il y avait un dessin sur la feuille de banane : deux personnages assis sous l'arbre de rencontre. Avec le soleil pile au-dessus de leurs têtes.

C'est un message de Tinàn, le chaman. Il me donne rendez-vous sous l'arbre demain midi.

L'expédition s'annonce bien !

Retour au camp. L'état de Glower a empiré. Il délire, à présent. Il me raconte que Gaspell se faufile dans sa tente en mon absence et lui fait des piqûres.

Gaspell est presque sûr qu'il s'agit de la fièvre de Tugg. Un traitement de pénicilline y mettrait fin, mais j'ai cherché dans la trousse de secours, nous n'en avons plus. Peut-être nous l'a-t-on volée quand nous avons refait les caisses au confluent. Nous n'avons plus de moustiquaires non plus et allons bientôt manquer de café, sucre, farine, kérosène et batteries pour la radio. J'ai envoyé un message radio à Jervutz, à l'Institut, pour lui demander un ravitaillement d'urgence. J'espère qu'il arrivera à temps – surtout pour Glower.

Tout ce que nous pouvons faire pour l'instant, c'est lui faire boire des liquides et lui procurer le maximum de fraîcheur possible pour l'aider à lutter contre la fièvre.

SEPTIÈME JOUR. CAMPEMENT DE BASSE MONTAGNE.

Ai rencontré Tinàn. Si seulement ces gens étaient plus directs ! Presque deux heures à échanger des salutations et de nouveaux cadeaux, boire du thé rituel et mâcher des noix de nardèle. Avant d'en venir enfin aux affaires. Il accepte de m'emmener au sommet de la montagne (prix : deux torches électriques en bon état). Il me montrera l'endroit où pousse la plante de lune ainsi que le mode de récolte (prix : un camping-gaz). Si les signes sont propices, il me permettra d'assister à la préparation des cristaux de terre (prix : deux tentes). Et si la tribu y consent, je pourrai observer le rituel du renouveau lors de l'équinoxe de printemps (prix : une radio). Si tout se passe comme prévu, nous devrions regagner le confluent dans quinze jours avec la formule de Jouvence. Et beaucoup moins d'équipement à trimbaler pour les porteurs.

Message de Jervutz : le ravitaillement d'urgence est en route. Devrait arriver demain. J'espère que Glower tiendra le coup. Il est très affaibli.

En revenant de la tente de Glower, j'ai cru entendre des voix dans la tente-labo. Le rabat était fermé, mais il y avait de la lumière à l'intérieur. Ça m'a fait un choc. En fait, c'était juste Gaspell. Il m'a dit qu'il avait voulu commencer au plus vite à analyser les lanières d'écorce et la pâte aromatique des Nerrans.

– Il m'a semblé entendre des voix, lui ai-je dit.

– Oh, excusez-moi. J'ai l'habitude de réfléchir tout haut quand je travaille.

Heureusement que je suis entré car j'ai remarqué que la radio était restée allumée. Maintenant que nous n'avons plus qu'une seule batterie de rechange, nous devons être plus vigilants.

HUITIÈME JOUR. CAMPEMENT DE BASSE MONTAGNE.

Nous avons trouvé une clairière plate près d'ici, qui pourra servir de piste d'atterrissage. Avons passé la journée à déblayer les pierres. Capté un signal radio en fin d'après-midi. L'avion s'est posé sans problème. Et là, surprise ! Le pilote est une femme. Linka Perflinker. Aventurière professionnelle. Je dois dire qu'elle m'a impressionné. Une formation d'infirmière, en plus. Elle a demandé à voir Glower immédiatement. Elle lui a administré la pénicilline elle-même, ensuite elle a offert de le veiller. Ce soir, c'est la pleine lune. Je pars avec Tinàn à la cueillette de la plante de lune. Gaspell a lourdement insisté pour nous accompagner, mais je connais trop bien Tinàn. Notre accord ne portait que sur moi. Il n'était pas question d'un assistant. Gaspell a fini par céder. Je suis un peu mal à l'aise, cependant. Je sais que les écureuils de terre peuvent être très rancuniers.

NEUVIÈME JOUR. CAMPEMENT DE BASSE MONTAGNE.

Ce matin, je suis épuisé mais une bonne odeur de café m'a tiré hors de ma tente. Mlle Perflinker et Gaspell étaient déjà en train de prendre leur petit-déjeuner. Elle m'a tout de suite informé que la fièvre de Glower était tombée et qu'il avait dormi toute la nuit.

Ils étaient tous les deux extrêmement curieux de savoir comment s'était passée mon expédition nocturne avec Tinàn. Je leur ai tout raconté. L'ascension de la montagne les yeux bandés dans le noir aux côtés de Tinàn, guidé par sa nièce. Le changement de sensation quand nous avons quitté la forêt tropicale humide et pénétré dans la forêt de nuages. Comment ils m'ont finalement retiré le bandeau, une fois arrivés au sommet de la montagne. Et cette expérience étonnante de me retrouver au-dessus des nuages, sous une lune si grosse que j'avais l'impression de pouvoir la toucher en tendant la main. Mais nous n'avons pas eu le temps d'admirer le paysage. Tinàn et sa nièce se sont tout de suite mis à récolter les jeunes pousses de plante de lune. Ils m'ont montré comment les reconnaître, à la faible lueur que dégagent les feuilles adultes au clair de lune.

Puis, après des heures de cueillette, le trajet de retour. Les yeux bandés de nouveau.

Ce que je n'ai dit ni à Mlle Perflinker ni à Gaspell, c'est qu'en échange d'un réchaud supplémentaire et d'un jerrican de vingt litres de kérosène, Tinàn m'a autorisé à prendre un spécimen de plante de lune en bonne santé. Et qu'il est en sécurité dans ma tente, enveloppé dans un sac de toile. Je ne sais pas très bien ce qui m'a retenu de leur en parler. Je leur ai montré les feuilles que j'avais récoltées. Gaspell, qui était impatient de les analyser, les a emportées dans la tente-labo.

Mlle Perflinker tenait à démarrer son vol de retour avant que la journée ne soit trop avancée. Je lui ai demandé si elle voulait bien emporter un paquet pour le docteur Jervutz à l'Institut. Elle a accepté sans hésiter. Pendant qu'elle retournait voir Glower, je suis allé dans ma tente emballer la plante de lune pour son long voyage.

Ensuite, j'ai accompagné Mlle Perflinker à la piste d'atterrissage. Elle m'a dit qu'elle avait suivi ma première expédition avec beaucoup d'intérêt et m'a demandé s'il était vrai que les Nerrans ne vieillissent pas.

Je lui ai expliqué que j'avais découvert les Nerrans en étudiant les légendes des « êtres sans âge », qui font mention d'une tribu de chinchillas disparue dans la forêt de nuages depuis plusieurs générations. Très peu d'étrangers les auraient vus. Mais les rares récits de rencontres avec ces chinchillas font tous état du fait qu'ils ne semblent pas vieillir au-delà d'un certain âge. Une fois adultes, ils ne changeraient plus. Les seules morts signalées seraient dues à des accidents et, parfois, à des actes de violence.

Je lui ai raconté qu'au bout de trois voyages dans la région, j'avais enfin fait la connaissance de Tinàn l'année dernière et qu'au fil de longs mois d'entrevues mystérieuses sous l'arbre de rencontre, j'étais parvenu à établir une relation avec lui et à le convaincre de me transmettre une partie de son savoir sur le vieillissement. Que c'était la raison de mon voyage actuel. Je venais assister à la cérémonie du renouveau qui se déroulerait à l'équinoxe.

Je lui ai également dit que l'Institut Perriflot finançait à présent mes travaux et que je travaillais sous la supervision du docteur Jervutz.

Après une semaine entre Glower et Gaspell, c'était un vrai plaisir de m'entretenir avec une personne aussi intelligente et curieuse d'esprit que Mlle Perflinker.

Je dois avouer que quand nous sommes arrivés à son avion, j'en ai été désolé.

Elle a chargé mon paquet à bord, puis nous nous sommes serré la main.

– C'est un honneur pour moi d'avoir pu assister à une entreprise aussi noble et fascinante, m'a-t-elle dit, et je crois qu'elle était sincère. Oh, a-t-elle ajouté, puis-je vous demander un service ?

– Bien sûr, ai-je répondu.

– Pourriez-vous me prendre en photo devant l'avion ? C'est une sorte de tradition, j'aime avoir une photo de chacune de mes aventures.

Elle m'a tendu son appareil photo. Et j'ai pris le cliché : Mlle Linka Perflinker courageusement plantée devant son avion, dans la brume de la jungle.

Ensuite, elle a grimpé dans le cockpit, traversé lentement notre piste cahoteuse et décollé dans l'immensité bleue du ciel, inclinant rapidement les ailes en signe d'adieu.

*Chapitre 35*

# Entracte

– Ce Gaspell Bermillonk ne m'inspire pas confiance, dit Hermux à Terfèle en refermant le journal. (Il se frotta les yeux.) Et je ne dis pas ça parce que c'est un écureuil de terre. Nous en avons eu toute une famille pendant des années dans l'appartement de Tucka avant qu'elle le leur rachète, et ils étaient parfaitement aimables. Même si je ne peux pas dire que l'odeur des tubercules bouillis me manque.

Il but une nouvelle gorgée, mais son thé avait refroidi. Il secoua la boîte de biscuits, mais il les avait mangés jusqu'au dernier.

– Rien de tel qu'un bon mystère pour m'ouvrir l'appétit, déclara-t-il, avant de jeter un coup d'œil au bol de Terfèle. À toi aussi, on dirait !

Terfèle riva sur lui ses petits yeux noirs luisants d'espoir.

– Gagné, concéda Hermux. Un petit extra, rien qu'une fois, ne nous fera de mal ni à l'un ni à l'autre.

Cinq minutes plus tard, Hermux revenait de la cuisine avec un plateau. Une bouteille de soda au gingembre, du pain, du beurre et un petit pot de fromage extra-fort. Sans compter une surprise pour Terfèle : un paquet de queues de poire couvertes d'écailles de moule. Hermux déchira le sachet d'alu et fixa une queue de poire par une pince à l'un des barreaux de la cage de Terfèle. Elle sauta à bas de son perchoir et se mit à dévorer les écailles croustillantes comme du pop-corn.

Hermux se fit une tartine de fromage extra-fort et regarda Terfèle avec satisfaction.

– Je n'aime pas la façon dont ce Gaspell a surgi dans le décor, pile à point nommé, reprit-il la bouche pleine. Glower n'avait pas l'air de lui faire confiance. Et, comme par hasard, Glower tombe malade et Gaspell récupère son boulot. Le matériel commence à disparaître, et Dandiffer ne soupçonne toujours rien de louche. Mais peut-être est-ce plus facile à repérer avec un peu de distance. Au moins pour le moment a-t-il tenu sa langue au sujet de la plante de lune.

Terfèle grignotait voracement sans lever les yeux de la queue de poire.

Hermux rouvrit le journal de Dandiffer et reprit sa lecture.

*Chapitre 36*

# De mal en pis

DIXIÈME JOUR. CAMPEMENT DE BASSE MONTAGNE.

Glower va beaucoup mieux. Demain, je monte en altitude pour installer le camp près du village des Nerrans. J'observerai les préparatifs du rituel du renouveau pendant que Glower et Gaspell compléteront notre collection de plantes locales. Ça repart !

J'ai parlé avec Jervutz par radio ce soir. Il m'a paru très bizarre. Il dit que mes notes de travail sur l'expédition de l'année dernière ont disparu du labo. Il dit aussi qu'il se sent observé. Et il soupçonne quelqu'un d'avoir trafiqué la serrure de son bureau. Un peu paranoïaque, je crois. Je me demande si ses responsabilités de directeur ne lui usent pas les nerfs. Nous avons été interrompus par des parasites. J'essaierai de le rappeler demain soir.

ONZIÈME JOUR. CAMPEMENT DE BASSE MONTAGNE.

La malchance nous rattrape. Les batteries de la radio ont disparu. Nous pourrions en récupérer d'autres au confluent, mais cela nous ferait perdre plusieurs journées de travail. Gaspell pense que Tinàn les a volées, mais j'ai du mal à y croire. Pourquoi faire une chose pareille ? La radio et les batteries lui appartiendront dans quinze jours, rien ne presse. Pourtant, qui d'autre ? Les porteurs n'ont que faire des batteries. Elles n'ont pas de valeur marchande particulière, et elles sont trop lourdes à transporter dans cette jungle.

DOUZIÈME JOUR. CAMPEMENT DE HAUTE MONTAGNE.

Scène désagréable avec Gaspell ce matin. Pour la seconde fois, il s'était mis en tête de nous accompagner, les Nerrans et moi. J'ai dû lui expliquer de nouveau qu'il était très important pour nous de terminer notre étude botanique. Il ne supporte pas de travailler sous les ordres de Glower. Il s'est emporté et j'ai même cru, un court instant, qu'il allait me frapper. Étonnant. Puis il s'est ressaisi et il a retrouvé ses manières cordiales. L'isolement lui tape sur les nerfs. La jungle affecte chacun de nous de façon différente. Glower est quelqu'un de solide. Il devrait lui remettre les idées en place.

Suis arrivé aux abords du village des Nerrans au crépuscule. Planté le camp sans incident. Tinàn et sa nièce m'ont apporté un plateau de petits fruits rougeâtres et m'ont montré comment les éplucher et les manger. La peau est épaisse et amère, et la chair presque transparente. Très sucrée et collante. Comme du citron confit.

TREIZIÈME JOUR. CAMPEMENT DE HAUTE MONTAGNE.

Tinàn s'est présenté de bon matin et il m'a conduit au village. Ce qui m'a tout de suite frappé, c'est l'absence d'anciens. Je n'ai pas aperçu la moindre personne âgée. Apparemment, une fois qu'ils ont atteint l'âge adulte, les Nerrans cessent tout simplement de vieillir. C'est un peuple beau et vigoureux. Mon physique a déclenché bien des rires. Surtout mes lunettes. Ils m'ont demandé pourquoi j'avais la fourrure terne. Et les dents jaunes. Et si tous les membres de mon peuple étaient aussi vieux et décrépits que moi. Ils m'appellent « Grand-Père Temps » et « l'ancien du lointain ».

Tinàn m'a montré la hutte-médecine où les feuilles de la plante de lune sont réduites en pulpe, cuites à très petit feu dans de grandes marmites de cuivre, puis filtrées à travers une fine gaze de fils d'araignée soyeux.

L'après-midi, les jeunes se sont réunis devant la hutte. Ils portaient des gilets d'écorce à franges brodés de cauris. Tinàn les a fait sortir du village en file indienne et ils ont pris une piste à peine visible qui traverse la jungle et mène au bord d'une gorge profonde. Nous avons longé la gorge un certain temps, jusqu'à la hauteur d'un immense bosquet de bambous. Parvenus là, Tinàn et l'un des mâles les plus âgés ont coupé plusieurs longues tiges. Chargés de ce fardeau, nous sommes descendus par un étroit escalier taillé à flanc de la paroi rocheuse, jusqu'à l'entrée d'une caverne. Tinàn a allumé une torche et nous l'avons suivi dans le boyau. Les parois de la grotte étaient en roche calcaire, et la voûte zébrée de cristaux couleur d'ambre. Au signal de Tinàn, les jeunes chinchillas ont taillé les bambous et en ont fait deux longues échelles ; ils les ont dressées à la verticale et maintenues solidement pendant que les deux plus petits, perchés au sommet, raclaient les cristaux de la voûte en les déposant au fur à mesure dans leurs paniers.

– Nous récoltons les cristaux tous les ans, m'a expliqué Tinàn. Et chaque année, il y en a de nouveaux.

Une fois les paniers pleins, les petits sont redescendus. Leurs aînés ont débité les échelles à coups de machette et les cadets ont rassemblé les débris de bambou. Ils les ont sortis de la grotte et jetés sans autre forme de cérémonie dans la gorge. Il ne restait plus aucune trace de notre passage. Les deux petits ont pris la tête de la procession pour regagner le village, portant fièrement leurs paniers remplis à ras bord de cristaux.

Plus tard, je suis parvenu à convaincre Tinàn de me céder un flacon de ces cristaux. À mon avis, il s'agit d'une sorte de composé de soufre (prix : mon couteau suisse).

Le rituel du renouveau commencera demain matin à l'aube.

Chapitre 37

# Un allié providentiel

La sonnerie du téléphone tira brusquement Hermux de sa lecture. Il décrocha.

– Bonsoir, Hermux Tantamoq à l'appareil.

– Tantamoq ?

– Oui.

– Ici Schounagliffen. Content de vous trouver ! J'ai des nouvelles intéressantes concernant votre plaque d'immatriculation. Je ne sais pas qui est votre amie, mais elle fréquente un drôle de ouistiti.

– Que voulez-vous dire ?

– Le numéro minéralogique ATA 100 T n'est attribué à nul autre qu'au très sinistre docteur Hiril Mennus.

– Oh, non ! (Les pires craintes d'Hermux se confirmaient.) Qui est-ce ?

– Je ne sais pas exactement. Je n'ai entendu que des rumeurs.

– Mais enfin, que fait-il ?

– Je n'ai pas beaucoup d'informations à son sujet. C'est un type étrange. Il dirige un centre de remise en forme et de chirurgie esthétique à l'ouest de la ville.

De temps à autre, nous entendons des histoires bizarres, mais jamais rien de concret. Écoutez, vous me paraissez inquiet. J'ai une idée : si j'allais creuser un peu, histoire de voir ce que je peux déterrer ?

– Déterrer quoi ? s'étrangla Hermux. Creuser où ça ?

– Je vous parle des archives du journal, mon vieux. De déterrer de vieux articles, pas des cadavres. Comme ça, je verrai ce que nous avons sur Mennus. Et je pourrais passer chez vous demain matin pour vous montrer ce que j'aurai trouvé, qu'en dites-vous ?

– Eh bien, j'en serais très heureux. Je vous remercie. C'est très gentil de votre part. Vous êtes sûr que ça ne vous dérange pas ?

– Bien sûr que non. Je flaire un bon sujet dans votre affaire. Peut-être pourriez-vous me donner quelques tuyaux sur votre amie. Qui est-elle, que se passe-t-il... ?

– Eh bien..., hésita Hermux. Vous avez peut-être raison. Si je vous racontais tout ? Vous pourriez peut-être m'aider à établir un plan d'action.

– À la bonne heure, vieille souris ! À demain, alors.

Hermux raccrocha et se replongea dans la lecture du journal de Dandiffer.

*Chapitre 38*

# Suite et fin du journal de Dandiffer

Quatorzième jour. Campement de haute montagne.

J'ai été réveillé par les cris et les chants d'une bande de jeunes qui chahutaient devant ma tente. Lorsque je suis sorti, ils m'ont encerclé et chatouillé jusqu'à ce que je roule par terre, incapable de me retenir de rire. J'ai même eu peur de mouiller ma culotte. Heureusement, Tinàn est arrivé sur ces entrefaites et il m'a expliqué que je devais leur donner quelque chose pour les calmer. Je leur ai offert une plaque de chocolat qu'ils ont refusée avec indignation. J'ai fini par comprendre qu'ils désiraient un objet qui m'appartienne. Pris de court, je leur ai tendu mes pantoufles. J'espérais sottement, je l'avoue, qu'ils me les rendraient. Tinàn leur a signifié qu'ils devaient s'estimer contents, et ils sont partis. Je me suis habillé en toute hâte et je les ai suivis au village.

Il régnait là-bas un chaos total. Des grappes de petits traînaient des meubles et des vêtements hors des maisons et les empilaient au centre de la place. Mon cœur a flanché quand j'ai vu mes vieilles charentaises si confortables, jetées négligemment sur le tas. Puis j'ai senti une odeur de fumée. Tinàn est sorti de la hutte-médecine en brandissant une torche qu'il a remise à une des plus grandes. Elle a fait le tour du monticule en mettant le feu aux vieilles affaires, tandis que les adultes sortaient de chez eux, vêtus de blanc immaculé, en chantant des refrains mélodieux. Les jeunes ont salué leur arrivée avec hilarité ; ils se sont mis à les bombarder de grains en les traitant de vieillards décatis aux forces déclinantes, et autres qualificatifs du même registre.

Les adultes ont formé un cercle autour du feu, qui flambait joliment dans l'air encore frais du matin.

Tinàn a réapparu, portant à bout de bras une calebasse peinte. Sa nièce l'accompagnait. Elle tenait entre ses mains une petite coupe en cuivre finement ouvragée. Élevant la calebasse vers le soleil, Tinàn a prononcé un bref discours de remerciement pour le début d'une nouvelle année. Puis il a versé une petite quantité d'un liquide sombre dans le récipient de cuivre. Sa nièce a tendu la coupe au villageois le plus proche. Celui-ci l'a d'abord levée vers le soleil, puis vers l'ensemble des villageois, comme pour porter un toast, avant d'en boire une gorgée. Sans l'avaler, pourtant : il s'en est gargarisé comme un dégustateur, à trois reprises. Ensuite, avec un geste spectaculaire, il l'a recrachée dans le feu et s'est essuyé méticuleusement la bouche contre sa manche.

Chacun des adultes présents a fait de même. Tinàn en dernier, arrosant d'un jet majestueux les vestiges du feu.

Là-dessus, les jeunes ont apporté des pierres plates qu'ils ont disposées soigneusement sur les braises. Les mères ont regagné leurs maisons pour en revenir chargées de bols de pâte. Elles ont façonné de petites poupées plates, qu'elles ont décorées de fruits secs et de noix, et mises à cuire sur les pierres. Bientôt, l'odeur des biscuits s'est répandue dans l'air, et un vent de gaieté a gagné l'assemblée. Les adultes et les plus jeunes ont dévoré les petites crêpes avec un bel appétit, et j'ai été convié à me joindre à la fête.

Après le petit-déjeuner, les festivités ont repris dans une atmosphère de plus en plus ésotérique, et le reste de la matinée s'est passé en jeux joyeux auxquels les adultes participaient de bon cœur. Le clou fut une partie de cache-cache géante, englobant tout le village, qui a duré près de deux heures.

Après tout cela, nous nous sommes à nouveau réunis au centre du village pour déjeuner, puis chacun s'est retiré, épuisé, pour une longue sieste.

Quatorzième jour, suite. Campement de basse montagne.

À mon réveil, j'ai commencé à préparer mes bagages pour lever le camp. Tinàn est arrivé en fin d'après-midi, l'air étonnamment revigoré. J'ai tout de suite remarqué que sa petite cicatrice au-dessus de la lèvre avait disparu. Il venait chercher mon couteau suisse, mais il m'apportait également un cadeau aussi spécial qu'inattendu : la calebasse et le restant du sérum de renouveau qui avait servi au rituel. Ça m'a fait un choc, car il m'avait bien fait comprendre auparavant qu'il me faudrait négocier pour l'obtenir. Il m'a expliqué que c'était une affaire très sérieuse. Que je devais faire très attention au sérum. Que je ne devais pas le boire. Et ne surtout pas le laisser tomber entre de mauvaises mains.

Je lui ai donné ma parole d'honneur sur chacun de ces trois points.

J'étais tellement excité par ce succès que j'ai dévalé la montagne en volant presque. Ne trouvant personne au campement à mon arrivée, j'en ai conclu que Gaspell avait emmené toute l'équipe récolter des échantillons botaniques. J'ai ouvert la tente-labo et me suis mis aussitôt à travailler sur le sérum de renouveau. Le temps que je détermine sa formule, la nuit était tombée. Alors que je recopiais mes notes au propre, j'ai entendu du vacarme dehors. Gaspell a fait brutalement irruption dans la tente et s'est effondré dans un fauteuil.

– Je l'ai ! ai-je crié. J'ai la formule !

Pour toute réponse, il m'a fixé d'un œil vide.

– Mon Dieu, Gaspell ! me suis-je exclamé. Que vous est-il arrivé ?

– Nous nous sommes fait attaquer ! a-t-il répondu. Par les porteurs ! Glower est mort !

Il avait les mains et le visage couverts d'égratignures et de plaies. Je les ai nettoyées et pansées. Puis je lui ai donné à manger et lui ai demandé de me raconter toute l'histoire depuis le début. Son récit était confus, difficile à suivre. Au matin, les cris de Glower l'avaient réveillé et il avait couru lui porter secours. Hélas, il était arrivé trop tard pour le sauver. Ensuite, les porteurs s'étaient retournés contre lui, mais il était parvenu à les faire fuir. Il avait enterré le corps de Glower avant de se lancer à leur poursuite dans la jungle, où il avait fini par perdre leur trace.

Son récit avait épuisé ses dernières forces ; à peine l'eut-il terminé qu'il sombra dans un sommeil agité.

J'ai regagné ma tente en état de choc. Allongé sans dormir, j'ai essayé d'assembler les pièces de ce puzzle incompréhensible. Pauvre Glower ! Je ne l'ai jamais remercié comme j'aurais voulu pour toutes ces années de rude labeur et de dévouement. Comment vais-je bien pouvoir annoncer la nouvelle à sa famille ?

QUATORZIÈME JOUR, SUITE. CONFLUENT DE L'ILLINORIS.

Il devait être 2 heures du matin quand je me suis réveillé. Il m'a semblé entendre des voix. En écoutant plus attentivement, je me suis rendu compte qu'il s'agissait de Gaspell.

Je me suis levé et j'ai jeté un coup d'œil prudent dehors. Une faible lumière provenait de la tente-labo. J'ai enfilé mes souliers, passé mon étui à revolver à la taille et me suis dirigé sans bruit vers la lumière. Plus aucun doute, c'était bien la voix de Gaspell. Mais à qui parlait-il ?

J'ai vu son ombre se dessiner contre la toile de tente. Il était assis devant la radio, le casque sur les oreilles.

– Ne t'inquiète donc pas comme ça, Mennus, disait-il avec excitation. Tout s'est déroulé comme prévu. Glower est hors d'état de nuire. Dandiffer a trouvé la formule, et je m'occuperai de lui demain. Je lui réserve une petite surprise sur la piste qui ramène à la vallée.

Enfin, je comprenais la malchance qui s'acharnait sur nous depuis notre départ du port de Pollonia ! Tout était le fait de Gaspell, et dès le début. C'est lui qui avait assassiné Glower. Et il avait caché les batteries de la radio pour nous priver de communication.

– Bien sûr que j'ai la formule, a-t-il poursuivi avec irritation. Ce crétin l'a notée et l'a laissée dans la tente-labo. Je peux te la donner tout de suite. Attends juste que je déplace la lampe pour m'éclairer.

Je n'avais que quelques secondes pour agir. J'ai glissé la main sous la toile de tente et cherché à tâtons le pack de batteries.

– Bon, a fait Gaspell, tu es prêt ?

Mes doigts ont trouvé l'épais câble gainé de caoutchouc. Je l'ai attrapé et j'ai tiré dessus de toutes mes forces.

La radio s'est écrasée au sol. Gaspell a poussé un glapissement de peur. J'ai couru à la porte de la tente et braqué mon pistolet sur lui.

– Les mains en l'air, et éloigne-toi de la radio, espèce de faux-jeton !

Il m'a montré les dents, mais il a reculé lentement.

– C'était toi depuis le début, hein ? l'ai-je accusé. Tu paieras pour ça. Je veillerai à ce que tu sois pendu pour la mort de Glower.

– Vous ne veillerez à rien du tout, espèce de vieil imbécile ! a-t-il rétorqué.

Et, d'un habile coup de pied, il a fait basculer la table de travail et la radio vers moi. J'ai tenté de m'écarter, mais j'ai trébuché. Mon pistolet m'a échappé de la main. La table s'est écroulée sur ma jambe, et une douleur abominable m'a traversé. C'est alors que la lanterne s'est brisée. En quelques secondes, la tente a été la proie des flammes.

– Hélas, la carrière de l'éminent docteur Turfip Dandiffer se clôt par une terrible tragédie dans la jungle de Teulabonari, a ironisé Gaspell d'un ton triomphant. Quel dommage, vos travaux ne seront pas publiés. Du moins pas sous votre nom.

Je le voyais dans la lumière sinistre des flammes. Il tenait la formule dans une main. Et dans l'autre, l'éprouvette contenant le reste de sérum.

– Bon, il faut que j'y aille, a-t-il ajouté, sarcastique. Je vais juste boire un petit godet pour la route !

– Ne bois pas ça, Gaspell, ai-je balbutié.

– Pourquoi gaspiller? a-t-il demandé. Pourquoi deviendrais-je vieux et bête comme vous ?

Alors qu'il portait l'éprouvette à sa bouche, je suis parvenu à récupérer mon pistolet. J'ai décoché une seule balle, et visé juste. L'éprouvette a volé en éclats, lui aspergeant le visage et les mains de sérum.

– Pose la formule, ai-je ordonné.

– Tout de suite, docteur. (Il se pourléchait les babines, l'œil sournois. Puis il a sucé ses doigts.) Un délice ! a-t-il gloussé.

– Recrache ça ! Espèce de vaurien !

– Trop tard ! a triomphé Gaspell. Je l'ai déjà avalé ! Tirez-moi dessus si vous voulez, mais qui va vous sortir de cette tente avant que vous ne rôtissiez ?

Là-dessus, Gaspell a couiné. Glapi. Stridulé. Et je l'ai vu rétrécir sous mes yeux.

Entre-temps, j'étais parvenu à me dégager. Ma jambe gauche, gravement fracturée, était inutilisable. J'étais dans un état épouvantable. J'ai contourné la table en rampant et découvert avec stupeur la veste et le short de treillis de Gaspell qui gisaient au sol, vides. Il avait disparu.

Alors j'ai entendu comme un froufroutement dans le tas d'habits. En soulevant la veste de Gaspell, j'ai trouvé un minuscule écureuil de terre, qui avait l'air âgé de quelques heures à peine. Je me suis souvenu de l'avertissement de Tinàn.

Le sérum était trop puissant pour qu'on puisse le boire.

J'ai ramassé la formule et l'ai fourrée dans ma poche. Tenant délicatement Gaspell au creux d'un bras, je suis sorti de la tente en me traînant à terre, et j'ai franchi le seuil quelques secondes à peine avant qu'elle ne s'écroule sous les flammes.

Quelques heures plus tard, j'ai senti qu'on me secouait vigoureusement. C'était Tinàn. Ils avaient aperçu le feu du haut de la montagne et ils étaient venus voir ce qui se passait. Il m'a immobilisé la jambe dans une gouttière. Avec les villageois, il m'a aidé à fouiller le campement. Nous avons trouvé la tombe de Glower au bord de la piste d'atterrissage et nous y avons planté une pierre. La radio avait été détruite par le feu – Tinàn ne m'a d'ailleurs pas caché son mécontentement. Je lui ai promis de revenir le voir à ma prochaine expédition et de lui apporter une nouvelle radio. Le flacon de cristaux de soufre avait survécu au sinistre, mais il ne restait de la plante de lune que quelques cendres délicates.

Les Nerrans m'ont aidé à regagner la vallée et m'ont fait entrer discrètement dans la ville, avant de disparaître sans se faire voir par âme qui vive. Il y a un bateau qui descend le fleuve cet après-midi.

L'ironie du sort, c'est que Gaspell va voir son rêve de jeunesse éternelle exaucé, en fin de compte. La nièce de Tinàn l'a adopté et emmené au village, où il sera élevé comme un Nerran. Je me demande si, en grandissant, il se souviendra de l'aventure qui l'a mené là-bas ?

QUINZIÈME JOUR. HÔPITAL DES BONS-AMIS, POLLONIA, TEULABONARI.

Les médecins ont retiré l'attelle de Tinàn et examiné soigneusement ma jambe. Ils n'en reviennent pas que j'aie pu me déplacer, qui plus est traverser la jungle. Mais j'en paie le prix. Ma jambe est terriblement enflée. J'ai de la fièvre. J'ai reçu l'ordre de garder le lit au moins deux semaines (repos total).

Jervutz,

Je vous envoie ceci par courrier aérien en espérant que vous le recevrez rapidement. J'y joins la formule. Ainsi que les cristaux de soufre qui agissent comme un catalyseur pour la plante de lune. Nous sommes sans aucun doute à l'aube d'une découverte très importante. Mais ce n'est pas sans danger. Soyez prudent ! Vous aviez raison de croire qu'on vous espionne. Désormais, ça dépasse la simple affaire d'espionnage. Quels qu'ils soient, ces individus ne reculeront apparemment devant rien pour se procurer la formule. Le seul indice en ma possession est le nom de Mennus. Cela vous dit-il quelque chose ?

Pour ne pas courir le risque que ce colis soit intercepté à l'Institut, je l'envoie par l'intermédiaire de Mlle Perflinker, qui vous a remis la plante de lune. Je vous remercie d'avance du bon accueil que vous lui réserverez.

*Chapitre 39*

# Mesures de sécurité

Hermux acheva sa lecture et releva les yeux.

– Je crois que j'ai mis les pieds dans le plat, Terfèle, confia-t-il à sa coccinelle. Nous voilà embringués dans une histoire d'espions, de voleurs et d'assassins. Je me demande combien de temps ils vont mettre à me repérer.

Une feuille de papier jaune, pliée en deux, était glissée entre les dernières pages du journal de Dandiffer. Hermux l'ouvrit et scruta les énigmatiques symboles dont elle était couverte.

– Il doit s'agir de la formule de l'élixir de Jouvence des Nerrans. Et voici des notes sur la préparation des feuilles de plante de lune. Je n'ai pas très envie de garder cela à la maison, trois personnes sont déjà mortes pour ce document. Plus exactement deux, si on ne compte pas Gaspell, qui n'est pas mort à proprement parler, mais qui se retrouve à la case départ. Voyons voir ce qu'il y a dans la boîte à cigares.

Il trancha le scotch avec son coupe-papier et souleva le couvercle. Protégée par des boules de journal froissé reposait une fiole de cristaux jaunes et orangés. Il la regarda à la lumière et la secoua doucement. Les cristaux avaient l'épaisseur de gros grains de sable.

Brusquement, le téléphone sonna et Hermux faillit lâcher le flacon.

« C'est drôlement tard pour appeler », pensa-t-il en attrapant le combiné.

– Hermux Tantamoq à l'appareil, dit-il prudemment.

Silence de mort à l'autre bout du fil.

– Allô ? fit Hermux. Allô, allô ?

Il tendit l'oreille, mais en vain. Personne ne lui répondit. Il raccrocha.

– C'est mauvais signe, Terfèle. La partie a commencé, et j'ai bien peur que nous en soyons, que ça nous plaise ou non. Il faut que je réfléchisse bien avant de...

Un cri angoissé, en provenance du palier, l'interrompit.

Il fit signe à Terfèle de ne pas faire de bruit et s'approcha à pas furtifs de la porte d'entrée. Il colla l'œil au judas et scruta le palier. Quelqu'un – un personnage resplendissant de lumière – se débattait comme un beau diable devant l'ascenseur. Un second cri retentit, victorieux cette fois-ci. La créature se dégagea brutalement de l'ascenseur et alla heurter le mur d'en face dans une pluie d'éclats de verre. C'était Tucka. Elle était folle de rage.

Sa cape brodée de miroirs était déchirée, et l'une des antennes de son couvre-chef pendait lamentablement. Elle l'arracha et la secoua en direction de la porte d'Hermux.

– Imbécile, crétin ! hurla-t-elle. Le mécanisme de cet ascenseur n'est absolument pas adapté aux tenues de soirée ! Je vais déduire ces frais de mes charges mensuelles !

Soulevant un nuage de poussière de miroir, elle traversa le palier comme une tornade et s'engouffra dans son appartement.

« Dieu merci, ce n'est que Tucka ! » se dit Hermux. Qui se ravisa aussitôt : Tucka était probablement mêlée à toute cette affaire. Qui sait, même, si elle n'en était pas le cerveau ?

Il retourna à son bureau et demeura quelques instants perdu dans ses pensées. Puis il tapa dans ses pattes et passa à l'action.

– La priorité absolue, c'est la formule. Il ne faut pas qu'elle tombe entre de mauvaises mains, expliqua-t-il à Terfèle. Je pourrais l'emporter au magasin et la mettre au coffre. Mais je parie que c'est le premier endroit où ils la chercheraient.

Il regarda Terfèle, en quête d'approbation. Elle se contenta de le fixer sans battre un cil.

– Je pourrais aussi la cacher dans un livre, dit-il en pointant la patte vers ses étagères encombrées. Ou la mettre au frigo, ou sous mon lit. Ou dans le panier de linge sale.

Terfèle n'avait pas l'air convaincue. Hermux la dévisagea.

– Ou bien..., reprit-il en souriant. Ou bien je pourrais te la confier.

Il retira le plateau de la cage de Terfèle, souleva la feuille de journal dont il était tapissé, replia la formule et la glissa dessous.

– Le tour est joué ! s'exclama-t-il tout fier. Terfèle, je te nomme coccinelle de garde. Sois vigilante ! Bon. Maintenant, le journal. Quel est le dernier endroit où l'on irait regarder ?

Il arpenta son bureau. Inspecta la cuisine. Scruta la salle de bains et examina la chambre à coucher. Puis il s'arrêta.

« Ha ha..., songea-t-il, voilà une idée intéressante. » Il retourna chercher le journal dans le bureau, puis se rendit à la porte d'entrée et regarda par le judas. Le palier était désert. Il consulta sa montre. 23 heures passées.

Il ouvrit doucement la porte et remonta le couloir sur la pointe des pieds, en évitant les minuscules éclats de miroir. Il s'arrêta devant l'escalier et tendit l'oreille. Lentement, marche à marche, il descendit. L'immeuble était silencieux. Presque trop : Hermux redoubla de précaution pour ne pas faire de bruit.

Parvenu dans le vestibule, il resta dans l'ombre le temps d'inspecter les lieux du regard. Personne à l'horizon. Après s'être assuré d'un coup d'œil à la porte d'entrée qu'il ne courait aucun risque d'être vu, il traversa rapidement le couloir, se glissa sous le ruban de police et mit le pied sur la plaque de bronze fixée au sol. Il plissa le nez en lisant l'inscription :

SCÈNE DE RUE
par
RINK FIRSHEEN

Installation rendue possible par une généreuse subvention des
COSMÉTIQUES TUCKA MERTSLINN

« Tu parles... j'attends de voir le chèque ! » se dit-il.

Il s'agenouilla devant le contour à la craie du corps de Tucka et ouvrit le sac à main abandonné. Puis il glissa le journal du docteur Dandiffer à l'intérieur, fit claquer le fermoir et remit le sac pile à sa place.

Là-dessus, grave et satisfait, il remonta l'escalier aussi silencieusement qu'il l'avait descendu et regagna son appartement.

Il souhaita bonne nuit à Terfèle.

– Eh bien, à toi de jouer, maintenant, vieille coccinelle de garde, lui dit-il. On ne se débrouille pas si mal que ça, pour deux amateurs sans expérience.

À cet instant, son regard se posa sur la boîte à cigares ouverte.

– Je retire mes félicitations, Terfèle. Nous ne sommes pas près de jouer dans la cour des grands. Que vais-je bien pouvoir faire de ce coffret ?

Il aperçut la boîte de pucerons séchés.

– Tentons un bon vieux tour de passe-passe classique ! s'exclama-t-il alors.

Il versa les pucerons dans une enveloppe et mit les cristaux de soufre à leur place, jeta le journal froissé à la poubelle, remplit le coffret à cigares de factures impayées et le posa bien en évidence sur son bureau. Il roula en boule le papier d'emballage et le fourra dans sa poche : il le jetterait dans la poubelle du coin de la rue en allant au magasin le lendemain matin. Là-dessus, il scruta attentivement la pièce, à l'affût d'autres indices qui pourraient le trahir, et n'en trouva aucun.

Il éteignit les lampes et resta quelques instants debout à la fenêtre, sondant l'obscurité. La rue était déserte. Le lampadaire du coin diffusait une lumière rassurante. Peut-être faisait-il preuve d'une prudence excessive.

Mais peut-être pas.

Hermux se brossa soigneusement les dents et le pelage. Ensuite, il se glissa dans son lit et sortit son journal.

Il fixa longuement la page blanche. Puis, d'une plume ferme, il écrivit :

> Merci pour les surprises inattendues. Merci pour le courrier par avion. Merci pour les factrices cancanières. Merci pour les épiceries de quartier. Pour les sandwichs et le soda au miel. Pour les nouvelles qui font peur, les dangers évités de justesse, les trams et les cabas. Merci pour les animaux de compagnie fidèles et pour les aventuriers (et aventurières) intrépides. Merci pour les tribus cachées, les formules secrètes, les voisins excentriques et les journalistes fouineurs. Merci pour les installations d'art moderne. Et les petits en-cas. Et pour ce lieu sûr où je peux dormir.

*Chapitre 40*

# Commençons par le commencement

Le lendemain matin, Hermux n'avait pas encore fini d'allumer les lampes du magasin que Pup franchissait déjà le pas de la porte. Il tenait un gros sac en papier qui paraissait assez lourd.

– Quelle belle journée, Tantamoq ! s'écria-t-il en déposant cérémonieusement son sac. Par un temps pareil, je me sens comme une nouvelle taupe ! Révolutionnons l'histoire !

– On dirait que vos recherches aux archives du journal ont été fructueuses, dit Hermux en désignant le gros sac d'un coup de menton.

– Oh non ! Ça, c'est une recherche d'un autre type. Je l'appelle la « recherche du goût préféré ». Une demi-douzaine de beignets assortis de chez Lanayda, ultra-frais de ce matin. Et deux cafés. Comme je ne savais pas comment vous aimez le vôtre, je l'ai pris avec du lait.

– Oh ! répondit Hermux en humant l'air avec bonheur. Au lait, c'est parfait. Je vais chercher des petites assiettes pour nos beignets. Prenez donc ce tabouret, installons-nous au comptoir.

Quelques instants plus tard, tous deux grignotaient avec un bel appétit.

– Vous savez, Tantamoq, vous pouvez peut-être m'aider, dit Pup entre deux bouchées.

– Mmmiam..., j'en serais ravi, si je peux.

– Eh bien voilà : je n'arrive pas à trancher entre son beignet sucre-cannelle et son beignet coco. Lequel est le meilleur, à votre avis ?

– Pour être tout à fait honnête, Pup, répondit Hermux, qui avala une gorgée de café bien fort, je ne m'étais jamais posé la question de cette façon.

Il se servit un cannelle-sucre et un coco et les goûta tour à tour.

– Mais je vois ce que vous voulez dire. Personnellement, je penche pour le coco. Il n'empêche que le cannelle-sucre a une simplicité réconfortante difficile à surpasser. Peut-être vaut-il mieux laisser la question ouverte.

– Comme tant de grandes questions dans la vie, acquiesça Pup. Parlons maintenant de choses plus graves. Vous m'avez chargé de me renseigner sur le docteur Mennus. Je suis parvenu à dégoter quelques infos. Mais tout d'abord, je dois vous demander ce qui se passe et quel rôle vous jouez dans cette affaire. Je vous avertis que ce Mennus est un sale individu. Alors, si c'est une pure question de curiosité, moi, à votre place, je l'éviterais comme la peste.

Hermux examina Pup attentivement et songea qu'il serait drôlement soulagé d'avoir à ses côtés un allié aussi malin et compétent que lui. Il respira à fond et entreprit de tout lui raconter depuis le début.

Pup sortit son calepin et se mit à prendre des notes.

Hermux relata la visite de Linka au magasin.

– Et vous ne l'aviez jamais rencontrée avant cet après-midi-là ?

– Je ne la connaissais même pas de vue. Et depuis, je ne l'ai aperçue qu'une seule fois.

Hermux parla ensuite du mystérieux rat qui était venu réclamer la montre de Linka. Il raconta à Pup qu'il l'avait suivi jusqu'aux locaux des Automates de laboratoire.

– Bien joué, commenta Pup, visiblement impressionné. Et vous êtes certain qu'il ne vous a pas repéré ?

– Sûr et certain, affirma Hermux. Et de là, je l'ai filé jusqu'à la maison de Linka Perflinker. C'est là que j'ai relevé le numéro de plaque minéralogique.

– Ah oui ! La plaque d'immatriculation : « À TA SANTÉ ». Quelle vanité ! C'est peut-être cela qui causera la perte de Mennus. Et qu'avez-vous vu au juste, chez Mlle Perflinker ?

– Ils sont venus la chercher. Puis je l'ai vue sortir de sa maison, encadrée de deux rats qui l'ont fait monter dans la voiture. Elle avait l'air droguée.

– Qui l'escortait ? Mennus en personne ?

– Eh bien, je n'en ai aucune idée. Je ne sais pas à quoi il ressemble.

– Ce visage vous dit-il quelque chose ? demanda Pup, qui sortit une enveloppe de la poche de sa veste et en retira une liasse de coupures de presse. Il les déplia et en posa une bien à plat sur le comptoir pour permettre à Hermux de l'examiner.

Hermux lécha les grains de sucre et de cannelle qui maculaient sa patte et prit la coupure de journal. C'était une photo en noir et blanc légèrement floue et qui avait beaucoup de grain. On y voyait une taupe au pelage argenté, qui portait des lunettes foncées et un béret noir. Son sourire – ou son rictus, c'était difficile à dire – découvrait une rangée de petites dents anormalement pointues, qui lui donnaient l'air d'un petit requin au pelage brillant.

– Je n'avais pas réalisé que c'était une taupe, dit Hermux avec surprise.

– Qu'entendez-vous par là ? répliqua Pup avec un agacement manifeste.

– Je veux juste dire que je n'imagine pas les taupes en criminels.

– Vous pensez que nous n'avons pas l'intelligence nécessaire ?

– Grands dieux, non ! Enfin, bien sûr que si, vous l'avez. Mais... tenez ! vous par exemple, Pup. Vous êtes quelqu'un d'ouvert et de sociable, vous avez l'esprit civique, vous vous impliquez beaucoup dans les affaires de la ville. J'ai vraiment du mal à imaginer quelqu'un comme vous en criminel.

– Eh bien, toutes les taupes ne se ressemblent pas, Tantamoq. De même que toutes les souris ne se ressemblent pas.

– Vous avez raison, s'excusa Hermux. Et la vraie réponse à votre question, c'est que je n'ai jamais vu Mennus. Il envoie des rats faire le sale boulot à sa place.

Brusquement, la sonnerie du téléphone retentit et Hermux sursauta.

– Hermux Tantamoq, dit-il en décrochant.

Une fois encore, personne ne répondit.

## *Chapitre 41*

# Le mystérieux docteur Mennus

– Y a-t-il quelqu'un à l'appareil ? demanda Hermux.

Il y eut un clic, et la communication s'interrompit. Hermux raccrocha. Le téléphone se remit aussitôt à sonner. Hermux lança à Pup un regard lourd de sens. Puis il saisit le combiné et cria presque :

– Qui que vous soyez, cessez immédiatement vos déplaisants coups de fil !

Une voix stridente transperça le tympan d'Hermux :

– Nock, veux-tu bien raccrocher tout de suite ! Monsieur Tantamoq, toutes mes excuses. Cladenda Noddem à l'appareil. Nock s'amusait avec le téléphone. Je vous attendais ce matin à 9 heures. Et comme il est déjà neuf heures et demie, je me demandais si vous n'aviez pas oublié.

– Oh ! bon sang ! C'est affreux ! J'avais complètement oublié, en effet. J'étais absorbé par... par une réparation très compliquée, et je n'ai pas vu l'heure tourner. J'espère que ça ne vous a pas trop dérangée. Si vous êtes chez vous en fin de matinée, je viendrai le plus tôt possible.

– Aucun problème, le rassura-t-elle. Nock est enrhumé aujourd'hui, il n'a pas pu aller à l'école. Nous serons à la maison toute la journée.

– Je viendrai dès que j'aurai fini, reprit Hermux. Et je suis désolé de vous avoir parlé aussi vivement tout à l'heure. Je suis un peu à cran ces jours-ci.

– Ne vous en faites pas, dit-elle avant de raccrocher. À tout à l'heure.

Pup poussa un beignet à la confiture en travers du comptoir, à l'attention d'Hermux :

– Tenez, mangez ça, vieille souris. C'est vrai que vous êtes un peu à cran ce matin.

Hermux croqua dans le beignet, attrapa la coupure de journal et l'examina de nouveau.

– C'est l'unique photo que j'aie pu trouver du mystérieux docteur Mennus, alias le sulfureux docteur Mennus, alias Doc'Beauté, alias l'Électrochoqueur, commenta Pup. Il déteste être photographié, c'est de notoriété publique.

Hermux lut l'article qui accompagnait la photo.

LE CHIRURGIEN PLASTICIEN
NIE AVOIR PRATIQUÉ
DES ÉLECTROCHOCS

Le Dr Hiril Mennus, figure controversée de la chirurgie esthétique, dément l'erreur médicale dont l'accuse l'actrice Nurella Pinch, qui a porté plainte contre lui aujourd'hui. Mlle Pinch soutient que la cruauté médicale de Mennus, doublée d'une négligence grossière, lui a causé un préjudice irréversible accompagné de souffrances physiques et morales. Les accusations de Pinch concernent une cure de rajeunissement effectuée dernièrement à la très élégante clinique Juvénalia du Dr Mennus.

Lors d'une conférence de presse au siège des studios Graffini Films, un représentant de la compagnie a produit en avant-première des pièces sensationnelles du procès à venir, notamment des schémas d'étranges appareils à électrochocs qui auraient été utilisés, affirme Pinch, pour pratiquer « des expériences sur sa personne sans son autorisation ».

Le Dr Mennus a juré d'opposer une défense juridique musclée. « Ces accusations à la Frankenstein sont grotesques. Mon traitement de rajeunissement est sûr et certifié. J'inverse le processus du vieillissement en stimulant les follicules pileux à l'aide d'un courant électrique modéré qui tonifie la peau et rend au pelage son brillant naturel. Les maux de Mlle Pinch n'ont aucun rapport avec mon traitement. Elle souffre malheureusement d'une forte instabilité, accentuée par son statut de vedette, et qui se traduit par ces regrettables symptômes physiques. »

Mlle Pinch, qui ne s'est pas montrée en public depuis plus d'un an, s'est refusée à tout commentaire. Son attachée de presse Dezra Balboney a confirmé que Pinch ne projetait pas de sortir de sa réclusion dans l'immédiat. Elle n'a communiqué aucune information sur l'étendue des dégâts qui affectaient le visage et les pattes de l'actrice. Mlle Pinch, grande favorite des cinéphiles du monde entier, a été propulsée vers la gloire il y a plus de vingt ans par l'énorme succès de la série *Du rififi chez les rongeurs*. Le mois dernier, son mariage avec Brinx Lotelle, le réalisateur de films d'aventures, s'est terminé par un divorce. Depuis quelques mois, des rumeurs sur son état de santé circulent dans le milieu très fermé du cinéma.

Selon une source anonyme à Graffini Films, l'avenir de la carrière de Mlle Pinch demeure incertain. « Disons-le sans ambages, nous a déclaré notre interlocuteur, elle a perdu son pelage. Elle est complètement chauve jusqu'à la taille. »

---

– C'est horrible. Quand est-ce que cela est arrivé ? demanda Hermux.

– Il y a huit ans.

– Comment cela s'est-il fini ?

– Mennus est parvenu à un règlement à l'amiable. Il a perdu la clinique Juvénalia, mais il a conservé son permis d'exercer.

– Qu'est devenue Nurella Pinch ?

– Elle a disparu de la circulation. C'est un personnage assez excentrique. Elle fait encore des doublages, des livres enregistrés, ce genre de choses.

– Et Mennus ?

– Il a plié bagages. Il est parti sur le continent et il a ouvert un sanatorium en montagne. Toujours la même clientèle riche, et les opérations esthétiques habituelles : implants fessiers, réductions de museau, ablations de griffes. Il a tenté la première greffe de pelage il y a quatre ans. Juste après, il est revenu ici les poches bien pleines et il a ouvert le Dernier-Recours. Depuis, il fait profil bas. Il n'empêche que j'ai entendu des rumeurs.

– Quel genre de rumeurs ?

– Comme toujours, vous savez : un client ingrat, un employé déloyal. Mais personne ne porte jamais plainte. Et personne ne veut me parler. Jamais un mot contre le bon docteur. Mais les regards ! Si vous saviez les regards absents, douloureux, qu'on m'adresse quand je demande une interview ! C'est pourquoi je suis convaincu que Mennus est un drôle d'oiseau. Il a un pouvoir étrange sur les gens.

*Chapitre 42*

# L'affaire se précise

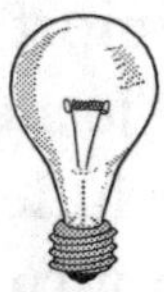

– Et voilà tout ce que je sais sur Mennus, conclut Pup. Et vous ?

Mal à l'aise, Hermux se tortilla sur son tabouret.

– Avez-vous entendu parler du projet du Millénium ? demanda-t-il.

– Vous voulez dire la nouvelle crème miracle de Tucka Mertslinn ?

– En vérité, je ne sais pas très bien ce que je veux dire... Mais tout cela a un rapport avec Mlle Perflinker et sa mission de sauvetage à Teulabonari, pour l'expédition du docteur Dandiffer.

– Stop ! s'écria Pup. Je ne vous suis plus. Dandiffer, Teulabonari, Tucka Mertslinn et Mennus ? Qu'est-ce que vous me racontez là ?

Alors, Hermux expliqua à Pup qu'il avait goûté la plante de lune et que le lendemain matin, ses moustaches ne s'affaissaient plus. Ensuite, il lui parla de la carte postale de Dandiffer qu'il avait interceptée et du colis qu'il avait réceptionné à la place de Linka Perflinker. Pour finir, il lui raconta qu'en arrivant à l'Institut Perriflot pour son rendez-vous avec le docteur Jervutz, il avait appris que le malheureux venait d'être assassiné.

– Êtes-vous en train de me dire que vous croyez Mennus impliqué dans la mort de Jervutz ?

– Je ne sais pas, mais je ne crois pas à une coïncidence. Surtout après avoir lu le journal de Dandiffer.

– Dandiffer tenait un journal ?

– Oui. Il l'a envoyé dans son colis.

– Et vous l'avez toujours ?

– Oui. Et ce n'est pas tout. J'ai la formule de la jeunesse éternelle qu'il était parti chercher à Teulabonari.

Pup siffla avec incrédulité. Puis il demanda :

– Où sont-ils ?

– Je les ai cachés, répondit Hermux.

– Où ça ?

– En lieu sûr.

– Vraiment sûr ?

– Extrêmement sûr ! Écoutez, je ne veux pas vous dire où je les ai cachés. Je pense qu'il serait plus prudent pour vous de ne pas le savoir, du moins pour le moment. Il faut que je réfléchisse sérieusement à toute cette affaire.

– Très bien, très bien. Revenons-en à la môme Perflinker.

– Mlle Perflinker !

– Comme vous voudrez. Que s'est-il passé après qu'ils l'eurent emmenée ?

– Rien. Je ne l'ai plus revue. J'ai appelé la police, mais ça ne les a pas intéressés.

– Vous avez appelé la police ?

– Presque immédiatement. J'ai raconté à l'agent ce que j'avais vu, mais il m'a répondu qu'il ne pouvait pas arrêter quelqu'un sous prétexte que la personne montait dans une limousine.

– Il n'a pas cru au coup du kidnapping ?

– Comment ça, le coup du kidnapping ? C'en était un, je l'ai vu de mes propres yeux !

– En tout cas, nous devons en découvrir davantage avant de pouvoir faire appel à la police. Que savez-vous d'autre ? Quel rôle joue la Mertslinn ?

– C'est elle qui paie l'équipement de Mennus. Je l'ai entendue le menacer au téléphone. Il travaille pour elle.

– Eh ben ! La reine des cosmétiques et Doc'Beauté. Les deux font la paire... Avez-vous des preuves ? Une trace écrite ?

– Non, mais les Automates de laboratoire en ont certainement dans leur comptabilité.

– Malheureusement, il n'y a rien d'illégal à faire équipe sur un projet de recherche. Ça ne les rend pas coupables d'enlèvement ou d'assassinat.

– Mais vous ne comprenez donc pas ? s'exclama Hermux. Dandiffer travaillait pour Jervutz, de l'Institut Perriflot ; c'est pour lui qu'il cherchait le sérum de Jouvence dans la jungle. Mennus a infiltré un espion dans l'équipe de Dandiffer. Jervutz l'a découvert et a voulu l'avertir, alors Mennus l'a fait supprimer. Tout concorde ! Ils veulent tous la fontaine de Jouvence !

– Et Mlle Perflinker dans tout ça ?

– Ils doivent croire qu'elle détient des informations sur la formule.

– Alors, qu'est-ce qu'on fait ?

– Je n'en sais rien, répondit Hermux, las et découragé.

*Chapitre 43*

# Un plan d'action se dessine

La morosité s'abattit comme une chape sur le magasin. Le café avait refroidi. Il n'y avait plus de beignets. Hermux trempa le bout de sa patte dans une flaque de confiture et se mit à dessiner de minuscules cercles sur le comptoir.

Pup s'adossa à sa chaise, les yeux fermés, et cala ses pieds contre le coffre-fort. Brusquement, il se redressa en se tapant les cuisses.

– Ça y est ! s'exclama-t-il. J'ai un plan !

– Qu'est-ce que c'est ? demanda Hermux, qui retrouvait le sourire.

– Nous devons nous introduire dans la clinique de Mennus et chercher nous-mêmes Mlle Perflinker. La faire sortir de là, si possible. Et si nous n'y arrivons pas, nous avertirons la police. Mais dans ce cas, il nous faudra une preuve de ce que nous avançons.

– Épatant ! Pup, vous êtes une taupe d'action, c'est ce qui me plaît chez vous ! Comment allons-nous procéder ?

– Je n'ai pas encore pensé à tous les détails. Mais voici l'idée, dans les grandes lignes : vous allez entrer à la clinique sous un nom d'emprunt. J'arrangerai cela par l'intermédiaire du journal. Une fois dans la place, vous chercherez Mlle Perflinker. Pendant ce temps, je remonterai la filière du matériel de labo. J'essaierai de contacter Dandiffer. Et je creuserai un peu du côté de Perriflot et de la société de Mertslinn. Nous rassemblerons toutes ces informations et, s'il y a lieu, nous donnerons suite. Bien sûr, j'aurai l'exclusivité sur l'affaire, les droits annexes, etc.

– Bien sûr, répondit Hermux avec une pointe d'hésitation. L'essentiel, c'est de sortir Mlle Perflinker de là avant qu'il ne lui arrive quelque chose d'horrible.

Repensant à la malheureuse Nurella Pinch, Hermux frissonna.

– Certes ! reprit Pup avec allant. Et maintenant, je file au bureau et je lance les opérations. Je vous rappelle cet après-midi ou ce soir au plus tard pour vous dire où j'en suis. Faites vos bagages et tenez-vous prêt à partir. Il faut battre le fer tant qu'il est chaud !

*Chapitre 44*

# À malin, malin et demi

Il était presque midi quand Hermux appuya sur la sonnette de l'hôtel particulier de Murt et Cladenda Noddem, une imposante maison de briques en haut de l'avenue Tatchiguelinn. Il attendit en se caressant distraitement les moustaches.

Quelques instants plus tard, Cladenda lui ouvrit en souriant. Elle portait un tablier couvert de farine.

– Merci d'être venu, monsieur Tantamoq. Excusez le désordre, nous sommes en train de faire des petits gâteaux, Nock et moi. Et j'ai préparé de la soupe pour le déjeuner, si vous voulez vous joindre à nous.

Hermux n'avait pas faim, mais la perspective des biscuits retint son attention.

– Merci, madame Noddem, mais je viens de manger. En revanche, je serais ravi de goûter vos gâteaux un peu plus tard.

– Comme vous voudrez. Je vais vous montrer l'horloge et vous laisser travailler. Si vous avez besoin de moi, vous me trouverez à la cuisine.

Cladenda le fit entrer dans le vaste salon adjacent au vestibule.

Elle venait de le refaire, et elle avait choisi l'univers floral comme thème de décoration. Le papier peint entremêlait des guirlandes d'œillets d'Inde à des gerbes d'iris alignées en larges colonnes. De part et d'autre de chaque fenêtre, des bougainvillées aux coloris éclatants se disputaient le fond vert prairie des rideaux avec des avalanches d'azalées rose vif. L'immense canapé et ses énormes fauteuils assortis étaient tapissés de chintz à motifs de pâquerettes jaunes flottant dans des nuages de gypsophile. De grands vases de lilas étaient disposés sur la table basse et les deux guéridons, ainsi que sur le piano à queue. Au sol, une moquette audacieusement imprimée de roses rouges et violettes ponctuait le tout avec une force végétale qui donna le tournis à Hermux.

– Je vois que vous aimez les fleurs, balbutia-t-il.

– Oh oui ! confirma Cladenda, qui entreprit de vaporiser généreusement la pièce avec le parfum d'ambiance Vertige printanier des Cosmétiques Tucka Mertslinn. J'en raffole. Je trouve qu'elles donnent un cadre positif et stimulant à nos pensées.

Hermux sentit la chatouille d'un éternuement qui montait, et dans le même temps son estomac alourdi par les beignets du matin se souleva désagréablement.

– Comme Nock est encore à l'âge où on se laisse influencer, poursuivit Cladenda, je veux l'entourer du maximum de beauté possible.

– Tout à fait. Et comment va ce cher petit, maintenant ? J'imagine que la perspective de biscuits frais sortis du four a eu des vertus thérapeutiques.

– Les biscuits ! s'écria Cladenda. Il faut vite que j'aille voir avant qu'ils ne brûlent !

– Mais certainement. Je vais me mettre au travail, acquiesça Hermux en montrant du doigt l'horloge.

Une heure plus tard, il avait fini. Manifestement, la beauté n'avait pas eu un effet calmant très prononcé sur Nock. Lequel avait dû finir par se lasser de tordre des pièces. Hermux en trouva une de 5 *cents* toute cabossée coincée dans la roue motrice de l'horloge. Elle avait tordu la tige de transmission, qu'il remplaça. Ensuite, il nettoya l'ensemble du mécanisme de l'horloge. À en juger par la quantité de copeaux de cuivre qu'il retira des rouages, Nock devait avoir tiré de son petit trafic largement de quoi payer la réparation.

Hermux eut soudain l'étrange sensation d'être observé. Il fit semblant de farfouiller dans sa boîte à outils, tout en inspectant discrètement la pièce du regard. La porte de la cuisine était entrebâillée, et il crut discerner deux petits yeux brillants qui le surveillaient.

Il termina de huiler les engrenages de l'horloge, régla les aiguilles du cadran à 13 heures une précises, remonta les poids et mit le pendule en mouvement. Puis il recula d'un pas et déclara tout haut :

– Eh bien voilà ! je ne peux rien faire de plus. La prochaine fois que cette horloge tombera en panne, ils n'auront plus qu'à la débiter à la hache et à la brûler. Et ils seront bons pour vendre à la ferraille tout ce qui ne brûle pas. Je n'aimerais pas être à la place de la souris qui devra faire ça !

Il jeta un coup d'œil en direction de la cuisine. La porte s'était refermée sans bruit.

– Et si on goûtait ces fameux biscuits, maintenant ? dit-il en souriant.

Chapitre 45

# Hermux se relooke

Lorsqu'il pénétra dans son magasin, Hermux trouva un petit mot glissé sous la porte.

> Bonnes nouvelles, vieille souris !
> Tout se goupille bien. Vous êtes inscrit à la clinique sous le nom de Torvin Pulmix, et attendu au dernier train de ce soir. La limousine du Dernier-Recours viendra vous chercher à la gare. Vous êtes un négociant en linoléum de Couver. C'est une ville située dans les collines qui bordent la frontière. Vous venez pour perdre du poids et soigner vos nerfs malades. Il vous faudra une valise et des vêtements neufs. Alors, allez faire des courses cet après-midi. Je vous rappellerai ce soir avec plus de détails.
>
> Pup

– Des courses ? s'interrogea Hermux à voix haute. Je ne sais pas comment on s'habille, à Couver. D'ailleurs, je n'y ai jamais mis les pieds. Et j'ignore tout du linoléum ! Ce n'est peut-être pas une si bonne idée que ça...

Il regarda la pendule. Il était déjà presque 14 heures. S'il se mettait en route maintenant, il aurait sans doute le temps de faire son shopping, voire de s'arrêter prendre quelques renseignements dans un magasin de lino. Peut-être pourrait-il aussi grignoter quelque chose en chemin : les beignets et les biscuits n'étaient déjà plus qu'un lointain souvenir.

Il ferma de nouveau sa boutique et partit en direction d'Orsik & Arrbale. Le grand magasin avait déjà installé ses vitrines d'été. Des familles de souris en maillots de bain écossais assortis dévoraient de somptueux pique-niques disposés sur des nappes, écossaises également, à même l'herbe verte d'un pré. Des loutres toutes maigres, en maillot de bain riquiqui, batifolaient devant de luxueuses résidences au bord d'une rivière. Des visons déjeunaient à des terrasses de cafés chic, assis autour de tables minuscules. Des rats en costume de lin sillonnaient des routes de campagne sur leurs scooters. Hermux se sentit gagné par cette atmosphère joyeuse et estivale, jusqu'au moment où il tourna le coin de la rue et, débouchant sur l'avenue Villum, se retrouva devant une rangée de vitrines couvertes de papier blanc où s'étalaient de grandes lettres noires qui annonçaient l'arrivée prochaine du Millénium Tucka Mertslinn.

De mauvaise humeur, il franchit la porte tambour et plongea dans la foule du rez-de-chaussée.

– Foin frais coupé ? lui lança une jeune femelle écureuil rayé pleine d'allant, dans une robe rose vif moulante.

– Quoi ? demanda Hermux d'un ton irrité.

– Aimeriez-vous sentir Foin frais coupé, la nouvelle eau de toilette sport de Rizor Blissom ? Elle est parfaite pour le jour et très agréable pour les soirées d'été. Uniquement à base d'essences naturelles et sans conservateurs. C'est une exclusivité Orsik & Arrbale. Notre cadeau d'achat, aujourd'hui, comprend un sac de plage et une brillantine à pelage. Aimeriez-vous la sentir ? répéta-t-elle en agitant un vaporisateur vers le bras d'Hermux.

– Non, répondit-il un peu trop vigoureusement. Puis il se ravisa. Maintenant que j'y pense, j'ai besoin d'un petit cadeau d'anniversaire pour mon cousin de Couver. Il tient une boutique de linoléum là-bas. Croyez-vous qu'il porterait une eau de toilette de ce type ?

– Absolument ! répondit-elle. Foin frais coupé est parfait pour une petite ville. C'est une eau qui a une bonne odeur de propre.

Elle saisit fermement mais gentiment la patte d'Hermux et lui vaporisa deux fois l'intérieur du poignet. Ça chatouillait.

– Pas trop affirmée, continua-t-elle avec légèreté, mais d'une sophistication discrète. Cette eau est conçue pour le mode de vie d'aujourd'hui, qui combine intérieur et plein air.

Hermux renifla prudemment son poignet et ne put s'empêcher de sourire. Ça sentait vraiment le foin frais coupé. Il repensa à la famille de souris qui pique-niquait dans la vitrine du magasin, à leurs bains de soleil écossais et à leur air insouciant, et il eut un pincement d'envie.

– Je vais en prendre un flacon, dit-il sur un coup de tête.

– Je suis sûre que votre cousin sera ravi. Désirez-vous un paquet cadeau ?

– Ce n'est pas la peine, il est très relax. En revanche, vous pourriez peut-être m'aider. Je vais aller passer quelques jours à Couver et j'aimerais m'acheter quelques tenues pour mon séjour. Je n'ai pas trop l'habitude de m'habiller sport.

Elle examina son costume de flanelle bleu coquille d'œuf de merle à la coupe impeccable, sa chemise jaune vif au col à pointes boutonnées, son nœud papillon imprimé de locomotives et ses élégantes chaussures à lacets.

– Je vois ce que vous voulez dire, répondit-elle d'un ton encourageant. Mais je pense que nous pouvons vous aider à trouver ce qu'il vous faut pour être parfaitement à l'aise pendant votre séjour.

Une heure et demie plus tard, Hermux, un peu sonné, s'apprêtait à ressortir du magasin. Il portait dans chaque main un grand sac plein de cartons et de paquets enveloppés de papier de soie.

– Au revoir, monsieur Tantamoq, gazouilla la gentille vendeuse. Je vous souhaite un très bon voyage, et je vous remercie d'avoir choisi Orsik & Arrbale pour vos achats.

Quand il franchit à nouveau la porte tambour, Hermux sentit son ventre gargouiller. Dans sa hâte et sa précipitation, il n'avait toujours pas déjeuné. Une fois dans la rue, il regarda sa montre. Trop tard pour le déjeuner, trop tôt pour le dîner.

En se dépêchant, il pouvait arriver chez Lanayda avant qu'elle ne ferme. Peut-être lui resterait-il un beignet ou deux.

## Chapitre 46

# L'habit fait la souris

Hermux était pantelant d'excitation quand il entra en trombe dans son appartement.

– J'arrive tout de suite, lança-t-il gaiement à Terfèle. J'ai une surprise !

Il trottina jusqu'à sa chambre et vida le contenu de ses sacs par terre.

– « Fête à Hawaii » ou « avocat relax ? » murmura-t-il tout en fourrageant frénétiquement dans la pile. La fête, trancha-t-il. Aucun doute là-dessus. Les couleurs vont plaire à Terfèle.

Il retira son costume et le pendit dans le placard. Puis il se glissa dans un short ultra-large, rouge comme une pastèque fraîche et parsemé de gros pois bleu turquoise. La vendeuse lui avait recommandé une taille élastique pour plus de confort. Il se tourna de côté et s'examina dans le miroir. Il se trouva un peu dodu et se demanda si Pup parlait sérieusement quand il disait qu'il avait besoin de maigrir. Il rentra le ventre et enfila une immense chemise hawaïenne. Elle lui avait tapé dans l'œil à cause de son motif de perroquets vert fluo en plein vol, sur fond de plage tropicale au soleil couchant.

Il ouvrit un carton à chaussures et chaussa les épaisses sandales en plastique jaune jonquille qui, d'après la vendeuse, équilibraient l'ensemble de la tenue. Elle les avait assorties de grosses chaussettes rayées orange et framboise en lui montrant comment les rouler par-dessus les sandales.

– Tout, dans cette tenue, dit « fête hawaïenne », avait-elle déclaré triomphalement.

Hermux termina par le bonnet en peluche assorti à la rayure orange des chaussettes et se regarda dans la glace avec bonheur.

– C'est un nouveau moi ! fanfaronna-t-il. Prêt pour une nouvelle aventure !

Il se dirigea fièrement vers le bureau en avertissant Terfèle :

– Ferme les yeux jusqu'à ce que je te dise !

S'il n'avait pas été aussi excité, il aurait tout de suite remarqué que quelque chose clochait ; il l'aurait remarqué dès l'instant où il avait ouvert la porte d'entrée. S'il n'avait pas été distrait par les effluves de Foin frais coupé qui flottaient encore si plaisamment autour de lui, ses narines sensibles auraient tout de suite perçu l'odeur d'un inconnu et le filet d'air frais qui s'infiltrait par le carreau cassé de la fenêtre. Il n'aurait pas ressenti un choc aussi violent à la vue des papiers sens dessus dessous, des livres éparpillés et des meubles en désordre qu'il découvrit quand il franchit d'un grand bond le seuil du bureau en criant : « Surprise ! »

Il aurait su, déjà, que la cage de Terfèle était renversée, la porte grande ouverte, et que Terfèle avait disparu.

## Chapitre 47

# Chère disparue

– Surprise ? répéta-t-il d'une petite voix défaite.

Il se retourna lentement et contempla les dégâts. Son regard s'arrêta sur la cage de Terfèle.

– Terfèle ? demanda-t-il avec espoir. Où es-tu ?

Pas de réponse.

Il courut vers la cage et s'agenouilla. Elle était vide. Un petit vent frais et printanier entrait par le carreau cassé, au-dessus de la cage. Il regarda attentivement par terre : aucune trace de Terfèle parmi les éclats de verre. Il redressa la cage sur son pied.

– Terfèle, ma petite chérie, tout va bien ! Je suis rentré. Tu peux sortir. Où te caches-tu ? Tu ne risques rien. Tu peux sortir !

Seul un lourd silence lui répondit.

Il se mit à la chercher fébrilement dans tout l'appartement. Elle n'était pas à la cuisine. Elle n'était pas dans la salle de bains non plus, ni dans le couloir. Elle avait disparu.

Il retourna au bureau et se posta devant la fenêtre au carreau cassé.

– Oh, Terfèle ! s'écria-t-il. Je t'en prie, reviens. Ne disparais pas ! S'il te plaît.

Il essuya une larme au coin de son œil. Suivie d'une autre.

Puis il s'effondra lourdement par terre, pauvre petite souris grise endimanchée pour une fête d'été. Et il éclata en sanglots.

*Chapitre 48*

# Le roi de Teulabonari

Hermux resta longuement assis sans bouger au milieu des décombres de son bureau, triste et prostré. Le crépuscule fit place à la nuit. Dans la rue, les lampadaires s'allumèrent. Pour finir, il redressa la tête et s'essuya les yeux. Il se leva et scruta la nuit déserte, au-dehors. Éclairé par la lueur orange des réverbères, son visage s'était durci en un masque féroce.

Il brandit le poing vers le ciel noir.

– Mennus, grommela-t-il avec colère, je sais que c'est toi le responsable. Et aussi vrai que le maïs est doux et que le fromage moisit à l'humidité, tu me le paieras. Et tu me le paieras cher !

Il alluma la lumière et mesura l'étendue des dégâts.

Le cambrioleur avait grimpé par l'escalier d'incendie, cassé le carreau et ouvert le verrou de la fenêtre. Apparemment, il – ou elle – avait renversé la cage de Terfèle en s'introduisant dans la pièce. Il ou elle avait tout ouvert, retourné, renversé.

Il se souvint de la formule de Jouvence. Il fit coulisser le plateau de la cage et souleva le papier journal. La formule était encore là.

Il appela la police.

– Hermux Tantamoq à l'appareil. J'aimerais signaler un cambriolage et une disparition.

– Tantamoq, hein ? Ça me dit quelque chose, répondit une voix vaguement familière. Ah, je vous remets ! Alors cette fois-ci, vous pensez qu'il y a eu cambriolage, hein ?

– Je ne *pense* pas qu'il y a eu cambriolage, répliqua Hermux, il y a *eu* cambriolage. Mon carreau est cassé. Mon bureau est sens dessus dessous. Et Terfèle a disparu.

– Qu'est-ce qu'on a volé ?

– Eh bien, apparemment rien.

– Je vois. Rien n'a été volé. Dans ce cas, je crains que vous ne puissiez pas signaler un cambriolage. Pour un cambriolage, il faut que des biens personnels aient été volés. Voyons voir... vous pourriez signaler une effraction. Si on a véritablement cassé votre carreau. Et si quelqu'un s'est vraiment introduit chez vous.

– Mais bien sûr qu'ils ont cassé mon carreau ! Comment seraient-ils entrés, sinon ?

– Bien. Effraction signalée à 19 h 45. Et la disparition d'une personne. De qui s'agit-il cette fois ?

– Terfèle. C'est ma coccinelle apprivoisée, expliqua Hermux. Sa cage était renversée. Elle a dû s'envoler par la fenêtre ouverte. Elle doit se sentir perdue dehors. Il fait nuit. Elle pourrait se faire tuer.

– Dites donc ! l'interrompit l'agent. C'est la police, ici, pas la Société des amis des rongeurs. Si vous voulez signaler la perte d'un animal de compagnie, je vous conseille de les appeler.

– D'accord, d'accord. Envoyez juste une voiture de police !

– Une voiture de police ? s'indigna l'agent. Pour un cambrioleur qui n'a rien pris ? Écoutez, monsieur Tantamink. Si je peux libérer un agent la semaine prochaine, j'enverrai quelqu'un prendre votre déposition. Parce que si vous, apparemment, vous n'avez rien de mieux à faire que de m'appeler pour me signaler des copines qui circulent en limousine et des coccinelles apprivoisées qui se baladent dehors la nuit, moi j'ai du travail. Je suis plongé jusqu'au cou dans l'affaire Jervutz. Et je n'ai pas l'ombre d'une piste.

– Mais je sais qui a tué le docteur Jervutz ! s'exclama Hermux.

– C'est ça ! Et moi, je suis le roi de Teulabonari !

Sur ces mots, l'agent lui raccrocha au nez.

Chapitre 49

# L'heure du départ !

– Eh bien, nous ne pouvons plus compter que sur nous-mêmes à présent ! dit Hermux, qui se ressaisit aussitôt : il n'y avait plus personne pour l'écouter.

Le téléphone sonna.

– Tantamoq ? Vous êtes prêt, vous avez fait vos bagages ?

C'était Pup. Hermux fut soulagé d'entendre une voix amicale au bout du fil.

– Non, répondit-il, je ne les ai pas faits. Il s'est passé plein de choses !

– Pas le temps. Vous me raconterez tout ça dans le taxi. Je passe vous prendre dans vingt minutes.

– Vingt minutes ? Je ne serai jamais prêt dans vingt minutes !

Mais Pup avait déjà raccroché.

Hermux renonça à ranger son bureau. Il courut dans sa chambre et descendit sa valise du dessus de la penderie.

Il troqua son ensemble « fête à Hawaii » contre la tenue « avocat relax », composée d'une chemise en coton rayé rouge et blanc, d'un cardigan vert citron et d'un pantalon bleu vif en coton gaufré. Puis il jeta le reste de ses nouveaux vêtements dans la valise.

Il alla chercher sa brosse à dents, sa brosse à pelage et son peigne à la salle de bains ; rassembla dentifrice, shampoing et gomina Flip.

De sa commode, il sortit quatre caleçons, quatre tee-shirts et quatre paires de chaussettes – au cas où. Il récupéra son journal, qui était toujours à sa place sur la table de chevet, et trouva ses lunettes à côté du fauteuil, dans le fouillis de livres et de revues qui jonchaient le sol du bureau.

Hermux s'arrêta pour reprendre haleine, et l'interphone sonna.

– Qui est-ce ? demanda-t-il dans le combiné.

– C'est Pup ! Le taxi est là !

– Je descends tout de suite !

Il ferma sa valise et jeta un coup d'œil rapide à son reflet dans le miroir. Il essaya de prendre l'air désinvolte et nonchalant, mais ne réussit qu'à paraître désorienté.

« Et s'il se mettait à faire froid ? » se dit-il. Il décrocha sa vieille veste de la patère du hall d'entrée, rouvrit sa valise et la fourra tant bien que mal à l'intérieur.

C'est seulement en arrivant devant l'ascenseur qu'il se rappela que Terfèle avait disparu. Et cela lui serra doublement le cœur. D'abord parce qu'elle était perdue, ensuite parce qu'il l'avait oubliée.

Il retourna en flèche dans l'appartement. Il remplit le bol à eau et la gamelle de Terfèle, puis il déposa une poignée de pucerons séchés sur le rebord de la fenêtre et en saupoudra une fine traînée jusqu'à l'intérieur de la pièce.

« Au cas où elle reviendrait », se dit-il en refermant la porte à clé. Avant de se corriger : « Quand elle reviendra ! »

Chapitre 50

# En voiture

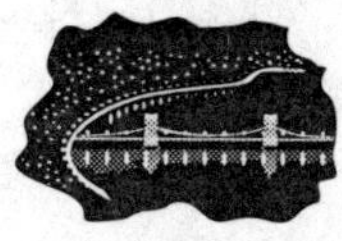

Le taxi de la compagnie Noctambuse attendait le long du trottoir. Pup ouvrit la portière et aida Hermux à charger sa valise.

– À la gare ! lança-t-il au chauffeur. Et mettez la gomme !

Pendant que le taxi filait par les rues désertes de la ville, Pup baissa la voix et glissa à l'oreille d'Hermux en parlant très vite :

– Tout est arrangé. Allez sur le quai et comportez-vous comme si vous veniez de descendre du train de Couver. La voiture viendra vous chercher devant la gare et vous conduira au Dernier-Recours. Signalez votre arrivée et allez vous coucher. Soit dit en passant, vous avez une mine épouvantable. Parfait pour une souris au bord de la crise de nerfs. Demain, essayez de faire le tour de la clinique. Si vous repérez quoi que ce soit de louche, appelez-moi à ce numéro.

Il tendit à Hermux un bout de papier sur lequel était griffonné un numéro de téléphone.

– C'est ma ligne directe. Appelez-moi du téléphone à pièces, il y en a certainement un dans le hall. De mon côté, si j'apprends quelque chose, je vous téléphonerai. Je dirai que je travaille au magasin de lino et que nous n'arrivons pas à retrouver un article en stock. Ce sera le signal que vous devez me rappeler à ce numéro. Ne le perdez pas.

Le beffroi de la gare de Pinchester se dessina dans la nuit.

– Nous y voici. Passez par l'entrée latérale, dit Pup au chauffeur.

Hermux s'extirpa du taxi et Pup lui passa sa valise.

– Bon, dit Pup avec entrain, soyez prudent !

Il lui tendit la patte et les deux amis se serrèrent la main chaleureusement.

Le taxi redémarra. Pup baissa sa vitre et pencha la tête au-dehors.

– Faites de votre mieux, vieille souris ! lança-t-il en agitant la main.

Hermux regarda le taxi disparaître au coin de la rue. Puis il attrapa sa valise et entra discrètement dans la gare.

*Chapitre 51*

# Un accueil chaleureux

La grande pendule de la salle des pas perdus désertée indiquait 20 h 42. Hermux regarda sa montre : il était 20 h 38.

– Tss tss ! grommela-t-il. Et dans une gare, en plus ! Je n'aurais jamais cru qu'on était tombé si bas !

Il consulta le panneau des arrivées. Le train de Couver était annoncé pour 20 h 47, voie 7, et aucun retard n'était signalé. Hermux partit rapidement à la recherche de la voie 7. Lorsqu'il y parvint, il y avait déjà un petit groupe de gens qui attendaient sur le quai.

Plusieurs porteurs approchaient en poussant leurs chariots, prêts à charger les bagages et marchandises à l'arrivée du train. Hermux se posta discrètement derrière un chariot, posa sa valise par terre et balaya les voies du regard. Le fanal clignotant de la vieille locomotive carénée surgit voie 7. Quelques instants plus tard, le quai vibrait sous le ronronnement sourd des moteurs, et l'odeur mélancolique du diesel flottait dans l'air.

Quand les voyageurs descendirent du train, l'air las, et se mirent à chercher du regard leurs parents ou amis,

Hermux se mêla à eux en s'efforçant de donner l'impression qu'il était, lui aussi, fourbu par le long trajet de Couver à Pinchester. Pareille à un gros serpent assoupi, la foule tout entière s'ébranla en direction du hall de gare. Hermux parcourut les lieux d'un œil inquiet. Il aperçut alors, planté devant la porte de sortie, le rat blanc qui conduisait la voiture lors de l'enlèvement de Linka. Il brandissait une petite pancarte portant l'inscription :

Le Dernier-Recours
souhaite la bienvenue
à M. Pulmix

Même avec son uniforme de chauffeur vert à carreaux, le rat avait un air fourbe et sournois. Peut-être était-ce à cause de ses yeux rouges. Ou de sa façon de tenir sa cigarette entre les deux griffes du milieu de la patte. Ou encore de la voracité avec laquelle il scrutait la foule.

Il fallut un bon moment à Hermux pour se rappeler qu'il était M. Pulmix. Il posa sa valise et fit signe au rat. Ce dernier jeta sa cigarette sur le sol de marbre et l'écrasa du bout de sa bottine à talon haut. Hermux lui tendit la main pour lui dire bonjour, mais le rat l'ignora.

– C'est tout ce que vous avez comme bagages ? demanda-t-il froidement.

– Oui, s'excusa Hermux, je n'ai que cette valise.

– C'est pas beaucoup pour un long séjour, commenta le rat en empoignant la valise.

– Je n'ai pas vraiment l'intention de faire un long séjour.

– Ouais, c'est ce qu'ils disent tous, répliqua le rat. La voiture est dehors.

*Chapitre 52*

# De grandes espérances

La limousine était rapide et puissante. Et le rat conduisait bien. En quelques minutes, ils avaient quitté la ville et filaient vers l'ouest par la vieille autoroute qui longeait le fleuve. Le faisceau lumineux des phares fendait la nuit noire avec le tranchant d'un coup de rasoir. À leurs côtés, le fleuve déroulait ses méandres obscurs, caressés çà et là par le clair de lune.

Ils traversèrent un village endormi aux volets clos et quittèrent l'autoroute pour s'engager sur une départementale. La route menait au pied d'un viaduc en ruines, dont les vieilles piles de pierre se dressaient en dessinant un sourire cruel.

Ensuite, la route quitta abruptement la vallée pour grimper vers un plateau couvert de champs de foin et de pommeraies. Ces derniers cédèrent peu à peu la place à des pinèdes touffues, et la route se mit à descendre de nouveau.

Le voile de brume qui montait de la vallée se transforma bientôt en un brouillard épais et aveuglant. Le rat ne ralentit pas pour autant. Il se mit en codes et continua de rouler à tombeau ouvert. Sur la banquette arrière, Hermux, cramponné à la poignée de la portière, sondait l'obscurité avec inquiétude.

Tout à coup, la limousine fit un écart et s'engagea en dérapant dans une allée de gravier.

Un immense panneau leur sauta aux yeux, encadré de colonnes de marbre et brillamment éclairé par des projecteurs.

LE DERNIER-RECOURS
Centre de remise en forme et
de recherches médicales

Votre hôte
Dr Hiril Mennus
Chirurgien esthétique

« Le repos pour toujours ! »

Un imposant portail de fer forgé surgit devant eux dans le brouillard. Le chauffeur s'arrêta et baissa sa vitre.

– M. Pulmix, qui arrive de Couver, annonça-t-il à l'attention d'une personne invisible, postée derrière les grilles.

Au bout d'un long moment, Hermux entendit un cliquetis de clés suivi du déclic d'une serrure bien huilée. Puis le portail s'ouvrit.

La limousine entra lentement, pour reprendre de la vitesse à peine franchi le portail. La gorge serrée, Hermux tourna la tête et regarda les grilles se refermer lourdement derrière eux.

Le chemin rejoignit une longue allée bordée de platanes qui décrivait une courbe avant de déboucher devant une gigantesque pelouse. Là, brillamment éclairé, flottant comme en apesanteur au-dessus du brouillard, se dressait le Dernier-Recours.

Hermux en eut le souffle coupé.

La clinique était bien plus grande qu'il ne l'aurait pensé. Elle était plus blanche, plus froide et plus isolée. Pour dire les choses crûment, elle était bien plus effrayante que dans son imagination.

« Pense à Mlle Perflinker », se dit-il pour apaiser son angoisse.

Le rat se gara devant la vaste véranda du bâtiment principal et coupa le moteur.

Une femelle hamster à la mine sévère, vêtue d'un élégant uniforme blanc d'infirmière, descendit les marches et ouvrit la portière de la limousine.

– Bienvenue au Dernier-Recours, dit-elle à Hermux. Nous vous attendions.

## Chapitre 53

# Un tonique naturel

– Emporte les bagages de M. Pulmix au bungalow des Lierres, dit l'infirmière au rat blanc. Et éteins-moi cette cigarette ! Tu connais le règlement. Il est strictement interdit de fumer dans l'enceinte de la clinique. Si je t'y reprends, je te dénoncerai à Mennus.

– C'est ça ! Cafte au docteur ! siffla le rat. Et va savoir, un de ces quatre, c'est peut-être la gentille infirmière qu'aura un vilain choc !

Il tira une longue bouffée et jeta son mégot aux pieds de sa collègue. Elle le fusilla du regard, puis plissa dédaigneusement le museau.

Attrapant Hermux par le coude, elle lui fit monter les marches et le conduisit à l'accueil. C'était une salle moderne et spacieuse. Deux des murs étaient entièrement occupés par de grandes portes-fenêtres ouvrant sur la véranda qui entourait tout le bâtiment. Une fontaine en forme de théière peinte trônait au centre de la pièce. L'eau coulait du bec verseur et rebondissait en cascade sur d'innombrables tasses qui débordaient joyeusement dans une soucoupe géante. Un banc de poissons rouges nageait nonchalamment autour de la soucoupe.

Hermux était enthousiasmé. Il devait y avoir plus de cent tasses qui avançaient et reculaient dans le flot, en se remplissant et se vidant tour à tour. Et chacune effectuait un trajet différent, sans qu'aucun mécanisme soit visible.

L'infirmière rejoignit le bureau de la réception et passa derrière le comptoir. Elle ouvrit un dossier.

– Torvin Pulmix. Vous venez pour la cure de repos, à ce que je vois. (Elle le toisa d'un œil sévère et leva un sourcil.) Et pour perdre du poids.

Hermux hocha nerveusement la tête.

– Vous avez réservé de façon plutôt soudaine, dit-elle. Cet après-midi même.

– Oui, bafouilla-t-il. Je me suis décidé sur un coup de tête. Je suis soumis à une pression extrême depuis quelques mois. Le bâtiment est en plein boom à Couver en ce moment. Je n'arrête pas de me dire que je vais lever le pied et prendre un peu de vacances, mais la demande de linoléum crève le plafond. Il y a quinze jours, je me suis aperçu que je n'arrivais plus à me l'ôter de la tête. Le lino, je veux dire. J'y pense constamment, vous comprenez. J'en rêve la nuit. Je rêve de grandes vagues de linoléum aux finitions résistantes et soignées. Lorsque je ferme les yeux, je vois de nouveaux motifs exotiques de lino. Et quand je les rouvre, je découvre mille applications nouvelles pour le linoléum.

Hermux s'interrompit pour reprendre son souffle. L'infirmière lui jeta un regard méfiant par-dessus ses lunettes en demi-lune. Hermux examina la salle avec admiration.

– Permettez-moi de vous dire que votre réception aurait de l'allure avec notre nouveau motif « Sucres d'orge et flocons de neige ». Vraiment fière allure. C'est un modèle qui plaît beaucoup en ce moment. Et je pourrais vous proposer un prix tout à fait intéressant.

– Si vous regardez attentivement, monsieur Pulmix, vous remarquerez que notre sol est recouvert d'un marbre importé extrêmement rare, extrêmement précieux. J'ai du mal à concevoir qu'un linoléum puisse le remplacer de façon satisfaisante. Quoi qu'il en soit, il se fait tard, et vous devez être très fatigué après votre long voyage. Vous allez devoir vous lever de bonne heure demain pour démarrer votre cure de repos.

– J'envisageais de faire la grasse matinée demain, répondit Hermux, qui commençait à trouver qu'en fait, une cure de repos ne lui ferait pas de mal. Une vraie.

– Taratata ! Vous manqueriez la partie la plus reposante de la journée. Notre programme débute à 6 heures précises. Votre conseiller-repos personnel viendra vous trouver. Gymnastique rythmique au saut du lit. Petit-déjeuner léger. Suivi de l'évaluation personnalisée et de l'élaboration du programme. Après cela, mise en application du programme. Une matinée très chargée vous attend. Je vous suggère d'aller vous coucher tout de suite. Le porteur va vous montrer votre bungalow.

– Vous voulez dire que je ne suis pas logé dans le bâtiment principal ?

– Bien sûr que non. Le bâtiment principal abrite les espaces-soins, expliqua-t-elle en indiquant une porte sur la gauche de son bureau. Ainsi que les laboratoires de recherche du docteur Mennus.

Elle fit un geste vers la porte de droite. Une pancarte y était fixée :

*Zone à accès réservé*
*Entrée rigoureusement interdite*

– Nos hôtes sont logés dans des bungalows dotés de tous les agréments d'une résidence de luxe. Je suis sûre que vous trouverez le vôtre très confortable. Si vous avez besoin de quoi que ce soit durant la nuit, n'hésitez pas à appeler. Il y a toujours quelqu'un à la réception.

– Et ma clé ?

– Il n'y a pas de clé, monsieur Pulmix. Pour reprendre les mots du docteur Mennus, « la confiance est un tonique naturel ». Nous encourageons nos hôtes à dépasser leurs angoisses personnelles pour s'ouvrir à l'influence salutaire d'une communion de bons sentiments. Il n'y a pas de serrures dans les appartements de nos hôtes, car elles sont tout bonnement superflues, conclut l'infirmière.

– N'est-ce pas une serrure que je vois sur la porte des laboratoires ? s'enquit Hermux, qui venait d'examiner l'impressionnante porte en acier.

– Ce ne sont pas les appartements des hôtes, répliqua-t-elle avec condescendance. Vous n'avez pas à vous inquiéter des laboratoires. La recherche scientifique relève d'un domaine tout autre que la santé ou la beauté. Elle est régie par des règles différentes. Votre seule tâche, pendant votre séjour chez nous, consiste à vous détendre et à profiter pleinement de notre gamme complète de sources de beauté et de santé. Et maintenant, si vous n'avez pas d'autres questions, je vais sonner un porteur. Je vous souhaite une bonne nuit.

*Chapitre 54*

# Luxe, calme et surveillance

Le porteur, un écureuil de terre entre deux âges, conduisit Hermux au bungalow des Lierres en brandissant une lampe-tempête d'une patte un peu tremblante. Hermux tenta d'engager la conversation :

– Quel bel endroit, ce Dernier-Recours !

– Ça dépend si on arrive ou si on repart, répondit le porteur.

– J'arrive à peine, bien sûr, poursuivit Hermux. Et je suis très impressionné.

– Pas grand-chose à voir dans le noir.

– En tout cas, le peu que je distingue est charmant.

– Il y a des gens qui pensent ça. Tout le monde n'est pas de cet avis.

– Et je suis impatient de rencontrer le célèbre docteur Mennus, ajouta Hermux avec espoir.

– Peu probable.

– Pourquoi, il est absent ?

– Il travaille, grommela le portier, qui s'arrêta un court instant pour montrer du doigt l'arrière du bâtiment principal : de vives lumières brillaient aux fenêtres du rez-de-chaussée. Dans son labo.

– Ce doit être fascinant de le regarder travailler. J'adorerais visiter le laboratoire pendant mon séjour.

– Accès interdit !

– Oui, oui, bien sûr, bafouilla Hermux. Je voulais juste dire...

À ce moment-là, l'écureuil de terre lui coupa la parole :

– Le bungalow des Lierres. (Il ouvrit la porte et lui fit signe d'entrer.) Chambre à coucher. Salle de bains. Coin salon, égrena-t-il mécaniquement en désignant les différentes parties de la maisonnette. Petit-déjeuner à 6 h 30, ajouta-t-il en martelant une petite carte encadrée, accrochée près de la porte, du bout de sa griffe jaunie. Dans la salle à manger principale.

Hermux tira les rideaux de la fenêtre de devant et regarda en direction du labo de Mennus, dont la lumière perçait l'obscurité.

– C'est pas une bonne idée de se promener dehors la nuit, conseilla le porteur. Il y a des serpents.

Hermux frissonna. Le porteur le toisait d'un œil vide, apparemment peu pressé de repartir dans le noir.

– Des serpents ? répéta Hermux d'une voix étranglée.

– C'est Mennus qui les élève. Mesure de sécurité.

L'écureuil de terre ne faisait toujours pas mine de s'en aller. Hermux finit par comprendre qu'il attendait un pourboire. Il fouilla vite dans les poches de son pantalon de coton gaufré bleu vif et y trouva trois pièces de 25 *cents*.

– Tenez ! dit-il. Et merci !

L'écureuil de terre prit le pourboire sans le moindre commentaire. Il sortit un petit porte-monnaie en cuir d'un recoin de sa salopette, y rangea les pièces, le replaça dans sa cachette, puis s'en alla sans prononcer un mot de plus.

Hermux referma la porte derrière lui et mit le loquet. Mais il n'y avait pas de serrure. Même pas de chaîne de sécurité. À la pensée des serpents patrouillant le parc, il fut pris de panique. Il poussa le bureau du coin salon contre la porte et cala le pouf par-dessus. Puis il tira les rideaux, après s'être assuré que le loquet de la fenêtre était bien mis.

Il regarda autour de lui. Le bungalow des Lierres était ravissant avec son papier peint orné de guirlandes de lierre, ses meubles revêtus de brindilles et la flambée qui crépitait joyeusement dans la petite cheminée de pierre. Hermux savait qu'il devait être extrêmement attentif à ce qui l'entourait.

Seulement, ce soir-là, ça lui était un peu égal. Il était épuisé, il avait peur, il était inquiet. Et il était tout seul.

Il ouvrit le lit et enfila son pyjama. Il se brossa les dents et le pelage. Puis il se coucha et ouvrit son journal.

Hermux avait eu une journée longue et perturbante. Il y avait beaucoup à dire, mais il ne se sentait plus beaucoup d'énergie.

Merci, écrivit-il,
pour de bons amis comme Pup. Et Terfèle.

Il ferma les yeux un instant et repensa à Terfèle. Elle était toute seule, perdue Dieu sait où dans la grande nuit noire. Elle n'avait sans doute pas de bungalow douillet, ni de lit moelleux ou de feu de cheminée pour la réconforter. Ni non plus, pouvait-on espérer, de serpents qui patrouillaient sous sa fenêtre.

> Merci pour l'espoir. Pour les lumières aux fenêtres. Pour le chemin retrouvé de la maison. Pour l'odeur du foin frais coupé. Pour les pique-niques. Les bains de soleil. Pour les fleuves où se reflète le clair de lune, pour les pommeraies et les allées noyées dans le brouillard. Merci pour les beignets. Et les portes qui ferment à clé.

Là-dessus, il sauta de son lit et plaqua le bureau encore plus solidement contre la porte. Il retira plusieurs livres de la bibliothèque et les empila sur le pouf. Puis il se glissa dans son lit de nouveau, éteignit la lampe de chevet et sombra dans un profond sommeil.

*Chapitre 55*

# Le choix santé

Le soleil qui entrait à flots par une fenêtre proche du lit d'Hermux le tira de ses rêves bien avant le réveil. Il resta allongé pour réfléchir à la journée qui l'attendait. Il devait se mettre à la recherche de Mlle Perflinker sans attirer les soupçons. Il ne pouvait décemment pas demander au réceptionniste où elle était enfermée.

« Je parie que c'est au laboratoire, se dit-il. Il faut que je trouve le moyen de m'y introduire. »

Là-dessus, il se leva, car il mourait de faim. Tout en prenant sa douche, il imagina le petit-déjeuner qui l'attendait dans la salle à manger principale. Il y aurait sûrement de grosses galettes de sarrasin, avec du véritable sirop d'érable. Des toasts tout chauds tartinés d'une épaisse couche de confiture de trèfle. Du jus de framboise frais. Un bon morceau de fromage moelleux servi sur des craquelins au sésame. Un grand pot de café fumant pour lui tout seul, avec de la vraie crème fraîche.

Il enfila un col roulé bouton d'or, passa sa salopette neuve en velours rouge cerise et se mit en route pour le bâtiment principal.

Baigné par la lumière fraîche du matin, le Dernier-Recours n'avait plus rien de lugubre ni de menaçant. Le parc était vaste, les pelouses étincelantes, les haies taillées au cordeau, et les larges allées dessinaient des courbes harmonieuses. Juste devant le bungalow des Lierres, il y avait un panneau indicateur. La piscine se trouvait sur la droite, la salle à manger sur la gauche et le centre de remise en forme droit devant. Le Dernier-Recours était un lieu accueillant et chaleureux. Hermux sentit son moral remonter. Il obliqua sur la gauche et pressa le pas pour aller prendre son petit-déjeuner.

La salle à manger était déjà bondée quand Hermux fit son entrée.

Une jeune écureuil rayée en uniforme écossais pimpant le mena à une petite table dressée pour une personne. Elle s'éclipsa sans même lui laisser le temps de commander du café. En attendant son retour, Hermux examina la salle et les autres curistes.

Le cadre était impressionnant. Un enchevêtrement luxuriant d'arbres et de feuillages peints couvrait les murs. De somptueuses glycines grimpaient le long de treillages blancs et se rejoignaient sur le plafond en formant une voûte chargée de grappes de fleurs. Une douce lumière bleu lavande nimbait la pièce. Hermux était enchanté.

« C'est vraiment ravissant », se dit-il en savourant son plaisir. En y regardant de plus près, il vit que les glycines n'étaient pas naturelles mais artificielles. Elles formaient en fait un immense lustre, et la douce lumière lavande provenait des ampoules déguisées en grappes de fleurs. C'était du meilleur effet.

Lorsque la serveuse revint avec la carte, il ne put s'empêcher de remarquer qu'elle était très séduisante dans cet éclairage. D'ailleurs, quand il reporta le regard sur les autres pensionnaires, il leur trouva à tous un air étonnamment jeune et alerte.

Sauf à la patiente qui était assise à la table voisine de la sienne... La pauvre avait le visage et les pattes qui disparaissaient sous les bandages.

– Je vais commencer par une tasse de café, si ça ne vous ennuie pas, dit Hermux à la serveuse.

– Nous ne servons pas de café au Dernier-Recours, ça ternit le pelage. Je peux vous proposer des infusions de tige de luzerne, de bouton d'or ou d'ancolie.

– Pas de café du tout ? insista Hermux avec un pincement au cœur. (C'était une chose d'être tout seul et de courir le risque de se faire tuer, voire pire, par le docteur Mennus, et c'en était une autre de devoir le faire sans café.) Très bien, dit-il, dans ce cas, je crois que je vais prendre l'infusion de bouton d'or. Mais faites-la-moi bien forte.

Il ouvrit la carte et la contempla en silence, littéralement abasourdi. Il s'était attendu à voir des pages et des pages d'images de crêpes de toutes les variétés et de toutes les formes, disposées en piles, en châteaux, en ponts ou en igloos ; en forme d'avion, de barque ou de voiture de pompiers. Sans parler d'un assortiment de sirops : du sirop d'arbouse, du sirop de cynorhodon, du sirop de myrtille, du sirop de groseille à maquereau et du sirop de framboise. Il y aurait eu aussi des plateaux de fromages et des fromages à la carte. Des fromages crémeux, des fromages secs et friables, et des fromages spéciaux dans leurs petits pots en céramique.

Foin de tout cela.

Hermux plissa les yeux avec mécontentement pour étudier le menu, qui ne présentait pas la moindre illustration.

*Menu*

*Le régal de racines*
*Racines de fougère impériale braisées, avec leur sauce achillée*
*ou*
*La chiffonnade des prés*
*Radis, panais et cœurs d'orme hachés au couteau, vinaigrette au trèfle et à la graine de moutarde. Servie chambrée.*

*Les herbes du jour*
*Boutons de pissenlits marinés sur lit de verdure forestière (endives, vesce sauvage et petite oseille)*

*Pains de notre Fournil*
*Gressins de son et gelée de scrofulaire*
*Crackers d'avoine et terrine de navets*

*Sorbet concombre et pois de sept ans*

*Jus frais pressés*
*Asclépiade*
*Chardon*
*Pomme de terre*

*Notre chef Bussy Gloomper vous souhaite bon appétit*

Hermux sentit les larmes lui monter aux yeux. Ce n'était pas juste. Après la difficile semaine qu'il venait de vivre, alors que des périls inconnus se dressaient encore sur sa route, il n'avait même pas droit à un malheureux beignet pour démarrer la journée.

– À votre place, j'éviterais la fougère impériale. Elle est trop cuite.

Hermux leva la tête. La patiente aux bandages avait posé son magazine et lui parlait. Ses yeux marron foncé pétillaient au fond de deux fentes étroites, ouvertes dans la gaze immaculée qui lui enveloppait la tête. Elle introduisit une paille en plastique rose dans une autre fente et aspira avec délicatesse un liquide vert pâle servi dans une grande flûte.

– Que me conseillez-vous ? demanda Hermux, en s'efforçant de ne pas la dévisager grossièrement.

– L'herbe du jour, répondit-elle. Je n'arrive toujours pas à mastiquer, mais elle sent divinement bon. Bien sûr, les pains font horriblement grossir, mais pourquoi ne pas s'offrir un petit plaisir ? Un petit coup de bistouri et Mennus vous refait une taille de guêpe !

Là-dessus, elle attrapa son numéro de *Décor Deluxe* et se replongea dans sa lecture.

En couverture s'étalait une photo de Tucka Mertslinn et Rink Firsheen, hilares, dans le hall d'entrée saccagé de l'immeuble d'Hermux.

**Tucka creuse son trou !**

– La peste soit de cette Mertslinn ! grogna Hermux. Elle est partout !

– Avez-vous choisi, pour votre petit-déjeuner ? questionna la serveuse, qui revenait prendre la commande d'Hermux.

– Euh, oui... je crois que je vais prendre...

Il s'apprêtait à demander l'herbe du jour, une double portion de gressins de son avec gelée de scrofulaire et un très grand verre de jus de pomme de terre, lorsqu'une voix sévère couvrit le brouhaha de la salle à manger :

– Torvin Pulmix ! Examen préliminaire ! Vous êtes attendu à la salle d'examen principale ! Dépêchons !

Un silence momentané s'empara de l'assemblée.

Hermux repéra une souris corpulente d'un certain âge, en tailleur-pantalon, qui se tenait en haut des marches de l'entrée. Elle avait un grand bloc à pince à la main, qu'elle martelait impatiemment du bout de son stylo.

– Monsieur Pulmix ? Torvin Pulmix ? répéta-t-elle encore plus fort. Examen préliminaire et évaluation !

– Oh ! s'exclama Hermux en se levant d'un bond. C'est moi ! Mais je n'ai encore rien avalé !

*Chapitre 56*

# La vérité toute nue

– Déshabillez-vous complètement et montez sur la balance, ordonna l'infirmière diagnosticienne d'un ton détaché, tout en déroulant un mètre de couturière.

Hermux attendit qu'elle sorte de la pièce.

– Eh bien ? fit-elle sèchement. Je n'ai pas que ça à faire. J'ai d'autres curistes à examiner. Dépêchons-nous un peu !

Hermux hésitait toujours. Il chercha du regard un peignoir, un drap, une serviette. Rien. Il lut le badge épinglé sur l'imposante poitrine de l'infirmière :

*Korralinch Tarmon,*
*Responsable des bilans médicaux*

– Y a-t-il un problème, monsieur Pulmix ? demanda-t-elle. Si c'est le cas, je peux en parler tout de suite au docteur Mennus...

Hermux grimaça.

– Non, dit-il en se résignant à son sort. Je n'ai pas l'habitude de me déshabiller en public, c'est tout.

– Nous ne sommes pas en public, monsieur Pulmix, c'est tout ce qu'il y a de plus privé. Juste vous et moi. Et je suis une professionnelle de la santé diplômée et expérimentée. Vous ne pouvez tout de même pas demander à la clinique de vous remettre sur pied sans que nous procédions à un bilan approfondi de votre état avant de commencer le traitement. Ce serait courir un risque inconsidéré.

– Certes, en convint Hermux. Le risque serait inconsidéré.

Hermux retira ses sabots de caoutchouc bleu et ses chaussettes orange à losanges. Il déboutonna sa salopette en velours rouge cerise et s'en extirpa. Il enleva son col roulé bouton d'or. Et se retrouva vêtu de son seul caleçon de pilou imprimé de gros bourdons noirs et velus.

Il s'immobilisa. L'infirmière martelait son bloc avec irritation.

Hermux ferma les yeux et retira son caleçon. Tout malheureux, il grimpa sur la balance.

Il entendit l'infirmière régler les poids.

– Tss tss ! commenta-t-elle d'un ton réprobateur. C'est bien ce que je craignais !

Elle passa le mètre autour de la taille d'Hermux sans serrer. Il rentra courageusement le ventre. Soudain, il sentit un coup vif entre les côtes et relâcha les abdominaux – un court instant à peine. Mais l'infirmière était trop rapide pour lui : elle referma impitoyablement le mètre sur son bedon.

– Tss tss ! répéta-t-elle. Pas bon, ça. Grimpez là-dessus, ajouta-t-elle en désignant un petit tabouret.

Hermux monta sur le tabouret, tandis que Mlle Tarmon sortait un chronomètre.

– Maintenant, sautez à terre. Et remontez. Continuez sans vous arrêter jusqu'à ce que je vous dise stop.

Hermux sauta. Regrimpa. Resauta. Regrimpa. Et ainsi de suite jusqu'à ce qu'elle appuie enfin sur le chronomètre en criant :

– Stop !

Hermux était haletant, et son cœur battait à se rompre. L'infirmière l'ausculta au stéthoscope.

Il ferma de nouveau les yeux en serrant bien fort les paupières. Il l'entendait écrire furieusement sur son bloc. Soudain, il y eut un flash lumineux.

Il rouvrit les yeux juste à temps pour voir une photo sortir d'un appareil Polaroïd que brandissait Mlle Tarmon.

– C'est pour votre dossier médical, lui dit-elle avec brusquerie.

Elle regarda la photo se développer, les sourcils froncés en une moue désapprobatrice pendant toute une minute, puis elle s'approcha de son bureau et la glissa dans une grande enveloppe.

– Vous pouvez vous rhabiller, monsieur Pulmix. J'aime autant vous dire que nous avons du pain sur la planche !

*Chapitre 57*

# Entrez dans la transe

L'orgue à vapeur crachait des nuages humides dans l'air opaque et surchauffé de la salle de gymnastique. Balayant du regard la mer houleuse des machines de musculation, l'organiste cria dans son micro :

– Et maintenant, accélérez la cadence ! Accélérez la cadence !

Là-dessus, il abandonna son tempo de marche pour un galop frénétique qui hissa les fans d'aérobic vers de nouveaux sommets de l'effort physique. Hermux s'élança, galvanisé par l'énergie de la musique. Il fit tourner sa roue d'entraînement de plus en plus vite, jusqu'à ce qu'elle ne soit plus qu'une boule indistincte d'acier vrombissant et de pelage moite.

– Piano ! cria l'organiste, qui passa sans heurt à une valse lente et mélodieuse.

Hermux ralentit la cadence. Il haletait comme un phoque, son cœur battait à tout va et ses jambes lui faisaient mal. La roue s'immobilisa lentement, et il descendit en titubant. Des points rouges dansaient devant ses yeux. Il attrapa sa serviette et s'épongea le visage.

– Bonté divine, hoqueta-t-il, je n'en peux plus. J'espère que nous allons bientôt déjeuner. Et je ferais bien une sieste.

Mais le regard de Mlle Tarmon, qui se frayait un chemin dans la foule pour le rejoindre, lui apprit que ce n'était pas au programme.

– Monsieur Pulmix, déclara-t-elle, je suis contente de vous trouver. Par chance, nous avons eu un désistement. Je vous ai inscrit pour un criblage complet. Présentez-vous immédiatement à la salle de soins n° 3.

Elle lui tendit une carte de rendez-vous.

– Pensez-vous que j'aie le temps de manger avant? demanda-t-il avec espoir.

– Hors de question. De toute façon, je viens juste de m'entretenir avec votre nutrionniste. Je crois que le déjeuner ne sera pas à votre ordre du jour de sitôt. Cet après-midi, nous allons revoir avec vous l'ensemble de votre programme. Nous vous mettons au régime spécial. C'est fini, pour vous, la riche nourriture de la grande salle à manger.

– Mais je n'y ai même pas encore goûté! protesta Hermux.

– Tant mieux, mon cher, lui dit-elle avec un clin d'œil. Les kilos que vous ne prenez pas aujourd'hui seront autant de moins à perdre demain!

Hermux soupira.

– Et maintenant, vous avez intérêt à vous dépêcher si vous ne voulez pas rater votre rendez-vous de criblage. Hutt n'aime pas attendre.

Chapitre 58

# Un pronostic peu encourageant

Scaffolo Hutt, cosmétologue diplômé et certifié, spécialiste du pelage, désigna d'un geste le fauteuil d'examen.

– Asseyez-vous, je vous prie, monsieur Pulmix, dit-il d'une voix sonore, où perçait une pointe d'accent étranger à peine perceptible. Je viens d'étudier votre fiche. Des plus intéressantes. Je me demande si vous n'avez pas subi un choc nerveux, récemment ?

– Un choc ? répéta Hermux. Maintenant que vous m'en parlez, j'ai subi plusieurs chocs au cours des dernières semaines. Je ne dors pas bien. Voyez-vous, le linoléum – c'est mon secteur d'activité – est un marché très capricieux.

– Hum hum, répondit Hutt tout en réglant un puissant projecteur. À présent, détendez-vous.

Il appuya sur une pédale, à la base du fauteuil, et celui-ci bascula en douceur. Hermux se retrouva à l'horizontale, le visage uniquement séparé de celui de Hutt par une énorme loupe.

Hermux n'avait jamais vu de zibeline de si près. « Elles ont vraiment des dents impressionnantes, se dit-il. Et leur pelage, si j'en juge par le sien, est remarquablement épais et soyeux. »

En effet, chacun des poils de la tête de Scaffolo Hutt semblait irradier de la lumière : noir bleuté à la racine, moucheté d'or à la pointe. Son pelage était si splendide, si abondant, qu'Hermux fut tenté de le toucher pour voir si ce n'était pas un postiche.

– Mmmm, fit Hutt. Légère atrophie des glandes sébacées. Rien de bien méchant. Sécheresse généralisée. Il fallait s'y attendre.

Il passa un peigne de métal fin dans la fourrure d'Hermux.

– Un peu de pellicules. Aucun signe de parasites.

– Des parasites ? demanda Hermux. Que voulez-vous dire ?

Sans répondre, Hutt attrapa une touffe de poils sur la nuque d'Hermux et tira énergiquement.

– Aïe ! cria Hermux.

– Bonne résistance folliculaire.

Hutt arracha un poil de la tête d'Hermux et mesura son épaisseur à l'aide d'un petit calibre. Puis il le plaça sous un microscope et l'étudia.

– Disposition régulière des écailles. Densité correcte. Légère porosité.

Là-dessus, il écrivit longuement sur la fiche d'Hermux. Puis il le ramena à la verticale et coupa le projecteur.

– Je crois que nous avons affaire à un cas assez avancé de perte d'éclat chronique liée à l'âge. Heureusement, il n'est pas trop tard pour traiter. Toutefois, à ce stade, je suggère une approche radicale.

– Perte d'éclat ? demanda Hermux d'un ton consterné. Je ne me suis jamais perçu comme quelqu'un de terne.

– Perte d'éclat *chronique*, rectifia Hutt. Mais curable. Vous devrez y consacrer votre entière attention à partir de maintenant.

Il griffonna quelques lignes sur son bloc, arracha la feuille et la tendit à Hermux.

– Donnez ceci à mon assistant, lui dit-il. Il faut commencer le traitement immédiatement.

*Chapitre 59*

# L'invitation

Hermux gisait comme un mourant sur le canapé, devant la cheminée. Il avait le regard vitreux. Le souffle à peine perceptible. Lentement, il leva une main gantée pour regarder sa montre. Il fut soulagé de voir qu'il lui restait encore une demi-heure avant le dîner. Tout affamé qu'il était, il était trop endolori pour envisager de se doucher, de s'habiller et de marcher jusqu'à la salle à manger principale.

Il se retourna sur le dos et contempla le plafond avec morosité. Un élancement dans les côtes lui rappela le long après-midi qu'il avait passé au Centre de souplesse pour le premier d'une série de trois récurages préliminaires prescrits par Hutt en prélude à son traitement.

Une marmotte mâle à l'abord revêche l'avait massé avec de la graisse de lin, en le couvrant de la tête aux pieds de cette substance désagréable. Ensuite, il avait placé Hermux dans un tambour tournant rempli de sciure de pin et de cèdre et l'avait mis en marche. Pendant toute la rotation de l'appareil, des lattes de bois l'avaient martelé pour faire pénétrer le mélange dans sa fourrure. Après, la marmotte avait retiré la sciure à l'aspirateur, enveloppé Hermux dans des serviettes bouillantes et l'avait laissé étendu vingt minutes sous une lampe, pour qu'il prenne une bonne suée.

Hermux retira un gant et regarda sa patte. Le rénovateur de patte à la pulpe de cactus s'était gélifié en une espèce de bouillie poisseuse. Il consulta de nouveau sa montre. Il était temps d'aller se shampouiner.

Il se redressa et contempla avec découragement l'amoncellement de bouteilles, de pots et de boîtes qui jonchaient la table basse. Dans un vain effort pour se rappeler la différence entre un exfoliant et un défoliant, il attrapa le flacon violet et lut l'étiquette.

Ultra-Nutrix

Shampoing total reconstructeur

100 % naturel!
Ultra-soyeux!
Super-riche!

Élaboré en exclusivité pour
Le Dernier-Recours
par
Tucka Mertslinn

– Ça ne m'étonne même pas, soupira-t-il. Ai-je le choix, de toute façon ? Ai-je eu le moindre choix depuis mon arrivée ? Et je n'ai pas eu une minute pour chercher Mlle Perflinker.

Le flacon d'Ultra-Nutrix à la main, Hermux se dirigea d'un pas traînant vers la salle de bains.

– Peut-être qu'une douche brûlante me ragaillardira.

On frappa énergiquement à la porte d'entrée. Hermux fit demi-tour et alla ouvrir.

C'était le porteur.

– Message pour monsieur Pulmix, dit-il en tendant à Hermux une élégante enveloppe grise, bordée d'un liseré bleu marine. De la part du docteur Mennus.

Hermux la prit avec inquiétude.

– Merci, fit-il en cherchant un pourboire au fond de sa poche.

Le porteur regarda la pièce de 25 *cents* toute grasse, au creux de la main poisseuse que lui tendait Hermux, avec un mélange de déception et de dégoût. Au bout d'un moment horriblement long, il l'attrapa du bout des griffes, l'essuya contre sa jambe de pantalon et la rangea dans son porte-monnaie.

– Pas besoin de répondre, bougonna-t-il avant de disparaître dans le noir.

Hermux referma la porte et ouvrit l'enveloppe.

Cabinet du Dr Hiril Mennus

*Cher monsieur Pulmix,*

*Après avoir étudié votre cas avec les spécialistes de mon équipe, je vous recommande vivement, dans votre intérêt, de me rencontrer au plus vite, pour que nous discutions des différentes possibilités de traitement qui s'offrent à vous. Je vous recevrai à mon cabinet ce soir à 19 heures.*

*Bien à vous,*

*Mennus*

*Chapitre 60*

# Le face-à-face

Hermux dut se shampouiner trois fois de la tête aux pieds pour se débarrasser complètement de la graisse de lin. Et même si cela lui faisait mal au cœur, force lui était de reconnaître que le shampoing de Tucka, avec son léger arôme de basilic et de poivre, était frais et revigorant. En s'essuyant, il remarqua que son pelage paraissait à la fois plus soyeux et plus épais que dans son souvenir. Et sa silhouette, dans le miroir embué, était nettement plus dynamique que d'habitude, estima-t-il en toute objectivité. Il avait faim : il n'avait rien avalé de la journée, en dehors du petit bol de bouillon de rutabaga que Mlle Tarmon lui avait concédé à midi, mais il se sentait vif et plein d'énergie.

– Si ce n'était pas une mission de vie ou de mort, dit-il, je pourrais vraiment prendre goût à cette cure.

Il s'habilla rapidement et traversa d'un pas ferme le parc boisé pour aller affronter le docteur Mennus dans le bâtiment principal. Il se sentait tout à fait dans la peau d'un futur héros, courageux et déterminé, jusqu'au moment où il s'annonça à la réception.

– Hermux, commença-t-il. Excusez-moi, Torvin Pulmix. Je viens voir le docteur Mennus.

– Avez-vous rendez-vous ? demanda la femelle hamster qui assurait l'accueil.

– Oui, bafouilla-t-il. À 19 heures. Le docteur m'a envoyé un mot.

– Veuillez vous asseoir. Je vais prévenir le cabinet du docteur Mennus.

Elle composa un numéro, puis tourna la tête et parla à mi-voix dans le combiné.

– Le docteur Mennus vous recevra dans un instant, lui dit-elle.

Hermux fut soulagé de s'asseoir. Brusquement, ses genoux étaient comme du caoutchouc. Il s'efforça de prendre l'air calme tout en se préparant à son entretien avec Mennus. Était-ce un entretien de simple routine ? Ou Mennus soupçonnait-il quelque chose ? Qu'entendait-il par « différentes possibilités de traitement » ?

« Sois vigilant ! s'ordonna-t-il à lui-même. Cherche tous les indices possibles sur Linka. Repère la disposition du laboratoire. Et surtout, n'oublie pas que tu es Torvin Pulmix, de Couver, négociant en linoléum. »

La porte du laboratoire s'ouvrit sur un rat gris en blouse blanche amidonnée.

– Le docteur Mennus va vous recevoir, dit-il.

Hermux dut faire un effort pour se lever : c'était le rat qu'il avait filé jusqu'à la maison de Linka.

– Par ici, dit le rat, qui tourna les talons et disparut sans même attendre de voir si Hermux le suivait.

Hermux franchit la porte juste avant qu'elle se referme avec un déclic qui trahissait une serrure conséquente. Il trottina derrière le rat en espérant que la porte n'était verrouillée que de l'extérieur.

Il se retrouva dans un couloir à l'éclairage tamisé, qui descendait en pente douce vers l'arrière du bâtiment. Des odeurs de produits chimiques indéfinissables flottaient dans l'air, ainsi que le bourdonnement de machines en activité.

Le rat s'arrêta devant une porte de chêne massif et frappa. Une voix étouffée parvint de l'intérieur ; il ouvrit la porte et fit signe à Hermux d'entrer.

– Docteur Mennus, dit-il avec un sourire en biais, monsieur Pulmix est arrivé.

Hermux prit une grande inspiration et passa le seuil. « Nous y voilà ! » se dit-il.

Au début, il ne put rien distinguer d'autre qu'un rectangle de lumière vive flottant dans la pénombre. Puis il se rendit compte que le rectangle était une fenêtre, que la fenêtre donnait sur un vaste laboratoire, et qu'une silhouette solidement charpentée était plantée devant. Le personnage se tourna vers lui et prit la parole.

– Bienvenue au Dernier-Recours, monsieur Pulmix, dit une voix qui sembla rabaisser de quelques degrés l'atmosphère déjà fraîche de la pièce.

Mennus s'écarta de la fenêtre et pressa un bouton sur son bureau. Avec un vrombissement mécanique, un épais store descendit devant la fenêtre et occulta la vue sur le laboratoire. Le cabinet était à présent plongé dans l'obscurité la plus totale.

Au bout d'un moment qui parut désagréablement long à Hermux, plusieurs loupiotes s'allumèrent. La pièce demeura tout de même très sombre. Quand ses yeux se furent accoutumés à l'obscurité, il vit que les murs étaient d'un brun chaud, couleur de terreau. Comme la moquette. Presque du même brun, aussi, que l'enchevêtrement de racines qui montait du sol pour former le pied d'un immense bureau derrière lequel se tenait le docteur en personne, rivant un regard perçant sur Hermux.

Mennus était plus petit qu'il l'avait imaginé. Et plus gros, si l'on considérait le fait qu'il possédait un centre de remise en forme et soumettait les gens au genre de tortures qu'Hermux avait subies toute la journée. À part cela, il ressemblait fort à la petite photo un peu floue de Pup. La même impeccable veste d'intérieur noire. Les mêmes lunettes fumées qui cachaient entièrement ses yeux, sans masquer pour autant les traits élégants de son visage émacié.

Mennus donnait à Hermux l'impression de quelqu'un qui ne s'interdit pas les plaisirs de la table et dont la faim n'est jamais rassasiée.

– J'espère que votre séjour s'est déroulé de façon agréable jusqu'à présent ? dit Mennus avec un fin sourire, laissant voir une rangée de dents petites, mais très pointues.

– Merveilleux ! s'exclama Hermux. Je n'ai passé qu'une journée ici, et je me sens déjà étonnamment en forme.

– Parfait, dit Mennus, qui contourna son bureau pour venir se planter tout près d'Hermux. Parfait. Mais il y a d'autres aspects de votre santé que nous devons prendre en compte. Votre longévité, par exemple.

Il posa lourdement la patte sur l'épaule d'Hermux et le dirigea vers la chaise placée devant le bureau.

– J'ai étudié vos résultats d'examen et j'ai remarqué certaines tendances inquiétantes.

– Ah bon ? demanda Hermux avec inquiétude.

– Des petites choses, que seul un œil exercé peut repérer. Mais qui pourraient raccourcir considérablement votre espérance de vie. Asseyez-vous donc.

Il donna une petite tape à Hermux, et celui-ci s'écroula sur la chaise.

– Première question, monsieur Pulmix. Depuis combien de temps travaillez-vous dans le lino ?

– Oh ! fit Hermux. Des années et des années ! Comment vous dire ? Mon père était dans le linoléum. Et son oncle, avant lui. Je crois que nous avons le lino dans le sang.

– C'est exactement là où je veux en venir, monsieur Pulmix, dit Mennus. Il sortit une sorte de pistolet à peinture en cuivre de son bureau et le pointa sur Hermux. Et depuis combien de temps ne vous sentez-vous pas dans votre assiette ?

Hermux leva les mains pour se protéger du jet toxique.

Mennus l'ignora. Il se dirigea vers une longue jardinière basse pleine de champignons charnus à l'allure exotique.

– Le secret, si l'on veut avoir de beaux champignons, c'est de leur donner la bonne quantité de lumière et d'humidité, expliqua-t-il en les vaporisant délicatement. Comme tout ce qui se nourrit de pourriture. Depuis quand exactement souffrez-vous de ces crises de nerfs ?

Il ponctua sa question d'un geste en direction d'Hermux, qui se ratatina sur sa chaise.

– Crises de nerfs ? demanda Hermux.

– Cette impression d'être menacé par une attaque imminente ? Ce sentiment de persécution ? D'être, qui sait, au cœur d'une sombre machination ?

Mais Hermux ne répondit pas. Il examinait une petite machine posée sur le bureau de Mennus. C'était un labyrinthe scintillant, tout en tubes de verre et cavités translucides, avec des axes et petits rouages en acier reliés à des tiges, des leviers, des valves et des interrupteurs. C'était sans doute un des mécanismes les plus intéressants qu'Hermux eût jamais vus.

*Chapitre 61*

# Le visionnaire

– Je vois que vous partagez mon intérêt pour les dispositifs mécaniques ? dit Mennus.

Une indiscutable fierté perçait soudain dans sa voix, et son intérêt pour la santé d'Hermux s'évapora d'un coup.

– Ça me passionne, répondit Hermux avec un enthousiasme sincère. Je bricole un peu moi-même, à mes moments perdus. Rien d'aussi élégant que ça, bien sûr.

– Alors, peut-être auriez-vous plaisir à voir le modèle grandeur nature en fonctionnement ? proposa Mennus, l'air rayonnant. Si nous descendions à mon labo ? Je serais très heureux de faire une démonstration de ma machine à quelqu'un qui sait apprécier les mécanismes de précision.

Mennus fit sortir Hermux de son cabinet et l'emmena par la rampe d'accès jusqu'au niveau labo, qui grouillait d'activité.

Le rat blanc qu'Hermux avait reconnu, celui de la limousine, s'avança vers eux en poussant un brancard recouvert d'un drap. Des gémissements émanaient du corps recroquevillé sous le drap.

– Encore des problèmes, Mennus, dit le rat. Le séchoir est encore trop chaud. Et le stretching-raffermisseur est de nouveau déréglé. Il a bien failli nous claquer entre les pattes, celui-là.

Mennus fit taire le rat d'un brusque coup de menton et le congédia d'un geste.

– Naturellement, expliqua-t-il à Hermux d'un ton aimable, il y a toujours des détails à régler. Mais quand vous aurez vu le dispositif dans son ensemble, vous conviendrez, je crois, que le surcroît d'efforts en valait la peine.

Il conduisit Hermux à travers un dédale de couloirs bordés de hautes machines, jusqu'à une cloison en contreplaqué percée d'une porte rudimentaire. Un panneau, sur la porte, annonçait la couleur :

TOP SECRET
ACCÈS STRICTEMENT INTERDIT
SANS L'AUTORISATION EXPLICITE DU PATRON
TENEZ-VOUS-LE POUR DIT !

Mennus ouvrit le gros cadenas qui barrait la porte et fit signe à Hermux de le suivre.

– Et maintenant, lança-t-il fièrement par-dessus l'épaule, voici un des fleurons d'une carrière scientifique déjà couronnée de succès. Je vous présente l'avenir de la beauté, le Centre de Beauté automatisé « Yo-Baby 2000 ».

L'installation était impressionnante. Hermux contempla avec une admiration sincère l'imposante construction de verre scintillant et d'acier inoxydable. C'était une version géante de la maquette ; grandeur nature, on aurait dit un grand 8 couvert.

Mennus s'approcha d'un élégant tableau de bord et bascula un levier qui mit la machine en marche. Une porte s'ouvrit, découvrant une capsule de Plexiglas transparent montée sur roulettes qui s'avança dans un chuintement d'air comprimé. Mennus toucha de nouveau le tableau de bord et le couvercle de la capsule bascula. Elle renfermait un espace juste assez grand pour s'allonger.

– Mon nom restera gravé dans l'histoire pour beaucoup de choses, exulta Mennus, mais ceci est peut-être mon chef-d'œuvre ! Passez-moi ce mannequin de hamster !

Un jeune hamster mâle en blue-jean et sweat-shirt traînait sur le dessus d'une boîte pleine d'animaux en peluche. En dessous, Hermux reconnut plusieurs espèces de souris et de rats, une loutre, un vison, un écureuil de terre, une taupe – tous habillés de pied en cap et très ressemblants à des animaux vivants, tant par leur taille que par leur aspect. Hermux attrapa le hamster et l'apporta à Mennus. Il était fort lourd, et le pelage de sa tête semblait très vrai au toucher. Hermux eut la désagréable impression qu'il s'agissait peut-être bel et bien d'un véritable hamster.

Il le tendit à Mennus en frissonnant. Mennus le balança sans cérémonie dans la capsule, puis il appuya sur le gros bouton rouge du tableau de bord. Le couvercle de la capsule se rabattit en claquant et, avec une explosion d'air, la capsule fut aspirée violemment dans un grand tuyau transparent qui barrait en diagonale l'extérieur de la machine.

En montant dans le tuyau, elle se mit à tournoyer sur elle-même et prit progressivement de la vitesse. Au bout d'un moment, Hermux crut voir les vêtements du mannequin s'arracher de son corps, happés par la force centrifuge.

– C'est là qu'intervient la réflexion à valeur ajoutée, dit Mennus.

Il y eut un sifflement aigu, un cliquetis métallique, et les vêtements du hamster fusèrent hors de la capsule et furent avalés dans un réseau de tubes transparents qui les entraîna vers les entrailles de la machine.

– Non seulement le Yo-Baby 2000 embellit le client de façon complète et durable, expliqua Mennus, mais en plus il nettoie ses vêtements, les repasse et les lui restitue en fin de traitement. Voyons maintenant les fonctions véritablement novatrices de la machine.

Il attira l'attention d'Hermux sur l'écran lumineux où s'affichaient des icônes de différents types d'animaux. Il cliqua sur celle du hamster et une nouvelle fenêtre apparut, présentant une gamme de silhouettes de hamsters qui allait du grand au petit, du mince au gros et du chétif au robuste.

– Je dirais que notre victime, pardon, notre sujet, est de taille moyenne, pratiquement obèse et d'une constitution légèrement en deçà du vigoureux. Il cliqua tour à tour sur chacune des icônes correspondantes. Et maintenant, la magie Mennus. Notre point de départ est notre sujet tel qu'il est, mais notre point d'arrivée sera ce que notre sujet rêverait d'être. Et les réponses sont évidentes. Grand plutôt que petit, mince plutôt que gros. Pas trop mince, bien sûr, car nous n'avons pas affaire à un sujet femelle. Et musclé.

Tout en parlant, Mennus cliquait sur des icônes à une vitesse étourdissante.

L'écran se vida quelques instants, puis un message apparut :

```
Nous traitons votre demande.
Confirmez-vous ? Oui. Non.
```

Mennus cliqua sur *Oui* sans l'ombre d'une hésitation. Hermux entendit le grondement sourd d'un gros moteur qui se mettait en route et gagnait progressivement de la vitesse.

– Venez avec moi, lui dit Mennus en s'engageant dans un étroit escalier en colimaçon qui montait vers l'intérieur de la machine. Je crois pouvoir affirmer que vous serez surpris par ce que vous allez voir.

Hermux devait faire un effort pour entendre la voix de Mennus, couverte par les vrombissements de plus en plus sonores des moteurs.

Ils avaient presque atteint le sommet des marches quand Mennus s'arrêta et pointa triomphalement un doigt vers un espace en contrebas. La capsule de Plexiglas s'était immobilisée dans une cellule hermétique, juste au-dessous de la passerelle où ils se tenaient. La capsule s'ouvrit et deux bras mécaniques se tendirent vers le mannequin du hamster. Ils le happèrent et le portèrent lentement vers un appareil qui, aux yeux d'Hermux, avait tout de la machine à coudre électrique. Les bras mécaniques firent pivoter le mannequin, et la machine se mit à coudre. Stupéfait, Hermux vit la forme du hamster changer progressivement.

– J'ai complètement automatisé mon processus de Sculpture corporelle totale. À l'aide de ma technique de couture chirurgicale brevetée, je peux remodeler n'importe quel corps selon n'importe quel critère de beauté.

– On dirait un croisement de rôtissoire et de machine à coudre, dit Hermux sans réfléchir.

– Bien vu, ma petite souris observatrice. C'est exactement ça, mais je les ai fait modifier toutes deux selon des spécifications secrètes et rigoureuses.

Au-dessous d'eux, les bras automatiques passaient et repassaient le hamster sous l'aiguille de la machine, le retournaient, le penchaient, le levaient ou l'abaissaient en suivant une séquence précise. Puis la machine s'arrêta brusquement. Un troisième bras robotisé surgit, équipé de ciseaux, et coupa méthodiquement tous les fils qui dépassaient.

– Moins de deux minutes, commenta Mennus en tapotant fièrement le cadran de sa montre. Si je voulais accomplir cette procédure manuellement, il me faudrait huit bonnes heures. Au lieu de quoi je l'ai fait simplement, rapidement et automatiquement. Si vite, en réalité, que la plupart des sujets ne ressentiront qu'une douleur minime.

Le cliquetis des ciseaux cessa. Et Hermux resta bouche bée : le hamster rondouillard et plutôt quelconque de tout à l'heure était devenu un dandy à la taille fine et aux épaules carrées. Les bras mécaniques replacèrent le mannequin dans la capsule, qui se ferma en expulsant une forte bouffée d'air avant de disparaître par un toboggan.

– Après, c'est de la routine, dit Mennus, ravi de l'effet de sa démonstration. Conditionnement, shampoing, coupe, brossage et brushing. Sans oublier la teinture, bien sûr. Qu'en pensez-vous ?

– C'est remarquable, répondit Hermux, en toute sincérité.

– Naturellement, le concept est génial, poursuivit Mennus, qui commença à redescendre l'escalier. Après tout, il est de moi. Mais, dans ce cas-ci, je trouve mon exécution encore plus impeccable que d'habitude. Cela dit, il m'arrive très souvent d'obtenir un résultat comparable à celui d'une intervention chirurgicale manuelle. Et songez à la réduction des frais ! Avec mon système, une transformation complète du corps ne coûtera plus qu'une infime fraction de la somme exigée par une clinique. Et puis il y a l'aspect pratique. Imaginez, Pulmix, des milliers de machines comme celle-ci disponibles dans tout le pays. Une dans chaque centre commercial ; le client n'aura même pas besoin de prendre rendez-vous. Pouvez-vous entrevoir les effets positifs que cela aurait sur la moyenne de beauté nationale ? Sans parler des marges de profit. Fini, le personnel hospitalier surpayé. Fini, les locaux coûteux. Adieu, frais généraux ! Il ne restera plus qu'à assurer l'entretien. Et même cela, je suis parvenu à l'automatiser en majeure partie. Mon système est infaillible.

Quelques instants plus tard, ils étaient de retour devant le tableau de bord. La machine éructa bruyamment et le mannequin du hamster, vêtu de pied en cap, shampouiné et coiffé, apparut dans sa capsule de Plexiglas scintillante.

Mennus l'empoigna à deux mains pour le faire admirer à Hermux. Lequel ne put s'empêcher de remarquer l'attention presque maladive que le docteur portait aux détails. Les vêtements du hamster avaient eux aussi été retouchés pour convenir à son nouveau corps. Et ils tombaient parfaitement.

En y regardant de plus près, Hermux eut quand même l'impression que le bras droit du hamster formait un angle des plus inhabituels.

– Que se passe-t-il en cas d'erreur ? demanda-t-il.

– Comment ça, en cas d'erreur ?

– Eh bien, si quelqu'un se trompe de type de corps de départ ou d'arrivée ? Si on clique par erreur sur une espèce à queue courte, par exemple, alors que le sujet est à queue longue ?

– Ce serait fâcheux, comme vous pouvez l'imaginer, admit Mennus, qui balança le hamster sur la pile de mannequins. Cependant, une erreur pareille est des plus improbables. Notre manuel explique le fonctionnement du Yo-Baby de façon très précise et détaillée.

À ce moment-là, le rat blanc surgit sur le seuil et fit signe à Mennus.

– Mennus, nous avons un petit problème avec notre hôte spécial, dit-il. Votre attention est requise. Au plus vite.

*Chapitre 62*

# Hermux fait salon

Mennus fronça les sourcils, contrarié par l'interruption. Il réfléchit un instant. Puis il éteignit le Yo-Baby 2000 et demanda à Hermux de le suivre.

Il marchait étonnamment vite, et Hermux dut trottiner pour ne pas se laisser distancer.

– Attendez-moi ici, ordonna Mennus, qui s'arrêta et poussa Hermux vers une porte indiquant « Salle de repos du personnel ». Mettez-vous à l'aise. Je n'en ai pas pour longtemps.

Là-dessus, il fila en direction d'une porte banale, au fond du labo, qu'on distinguait à peine dans la pénombre. Le rat blanc resta avec Hermux et se mit à l'observer avec curiosité en se caressant fébrilement les moustaches.

– Je crois que je vais aller m'asseoir, lui dit Hermux.

– Pourquoi pas ? rétorqua le rat avec indifférence.

Hermux poussa la porte et pointa le nez à l'intérieur de la pièce. La salle de repos n'avait pas l'air bien confortable, mais, se dit-il, ce serait toujours plus agréable que de rester seul dans le couloir, sous le regard scrutateur d'un rat qui avait de drôles de tics.

La porte claqua derrière lui. Le salon était pauvrement meublé, il y faisait sombre, et des relents nauséabonds flottaient dans l'air vicié. Il y avait un réfrigérateur, une table, quelques chaises pliantes et une banquette calée contre le mur de façade. Et, tout en haut du mur, au-dessus de la banquette, un petit soupirail.

Hermux essaya de voir ce qu'il y avait dehors. À travers le carreau sale, il distingua vaguement la forme d'un buisson. Le soupirail était donc au niveau du sol. Il était assez large pour qu'il puisse s'y faufiler. Il se dit que s'il mettait une chaise sur la banquette et grimpait dessus, il pourrait atteindre le haut de la fenêtre en s'étirant au maximum et ouvrir le loquet.

Il écouta attentivement à la porte. Personne n'approchait. Alors il attrapa la chaise la plus proche et la planta sur le matelas. C'était un matelas très mou et plein de ressorts, si bien que la chaise se mit à tanguer dès qu'il y grimpa. Mais il se retint au mur et parvint à rester debout. Les pattes plaquées contre la paroi, il progressa centimètre par centimètre, agrippa le rebord du soupirail du bout des griffes et se hissa avec une force qui l'étonna lui-même. Il saisit le loquet d'une patte et le tourna violemment. Le loquet était coincé. Il essaya de nouveau. Cette fois-ci, il mit tout son poids dans l'effort. La chaise oscilla dangereusement et se déroba sous ses pieds. Il chuta brutalement dans le vide, toujours pendu au loquet, et faillit se déboîter l'épaule. Le loquet céda et Hermux tomba comme une pierre. Il rebondit sur le matelas et atterrit à plat ventre sur la table. Il retourna à la banquette en titubant, attrapa la chaise, la replaça devant la table et s'y effondra un quart de seconde avant que Mennus ouvre grand la porte, annonçant d'un air satisfait :

– Je crois que le problème est réglé.

Hermux, qui reprenait bruyamment son souffle, lui répondit par un petit sourire.

– Demain, monsieur Pulmix, reprit Mennus, nous allons renforcer votre programme d'aérobic. Nous avons à peine bougé de la soirée, et vous êtes hors d'haleine.

*Chapitre 63*

# Hermux téléphone maison

De retour dans le hall d'accueil, Hermux se sentit tout excité par ce qu'il avait fait et soulagé d'avoir survécu à sa première rencontre avec le docteur Mennus sans s'évanouir. Il consulta sa montre. 21 heures. Il fallait qu'il appelle Pup.

Les téléphones à pièces étaient juste en face de la réception, de l'autre côté du hall. La réceptionniste le regarda d'un œil éteint, puis se replongea dans son livre de poche. Hermux contourna la fontaine d'un pas nonchalant, faisant semblant de l'admirer. Une fois certain qu'on ne pouvait plus le voir, il s'engouffra dans une cabine téléphonique et referma la porte sans bruit.

Il sortit son portefeuille et récupéra le petit papier que Pup lui avait donné. Il inséra une pièce dans le téléphone et composa le numéro.

Pup répondit à la première sonnerie.

– Schounagliffen à l'appareil !

– Pup ? C'est Hermux.

– Tantamoq ! Quelles nouvelles ? Vous l'avez trouvée ?

– Non, mais j'ai une piste. Je pense qu'ils la retiennent prisonnière dans le labo privé de Mennus. J'ai rencontré Mennus ce soir et je suis arrivé à ouvrir le soupirail de la salle de repos du personnel, qui est attenante au labo. Quand tout sera calme, je m'y introduirai et j'inspecterai les lieux.

– Soyez prudent, Tantamoq ! Plus j'en apprends sur ce personnage, moins il me plaît. À votre avis, a-t-il des soupçons ?

– Non. Pour lui, je ne suis qu'un négociant en linoléum de Couver qui est sur les nerfs et s'intéresse à la mécanique. Et du côté de Dandiffer, avez-vous du nouveau ?

– J'ai pu retrouver sa trace jusqu'à l'hôpital de Teulabonari. Apparemment, il en est sorti et il serait actuellement sur le chemin de retour à Pinchester.

– Tout ce que j'espère, Pup, c'est que j'arriverai à sauver Mlle Perflinker à temps ! Maintenant que j'ai vu de quoi Mennus est capable, je suis encore plus inquiet à son sujet. Ce type est un vrai cinglé.

– Faites au mieux. J'attendrai votre coup de fil demain matin à la première heure. Si je n'ai pas de vos nouvelles, j'irai trouver la police et je leur raconterai tout ce que nous savons !

*Chapitre 64*

# L'expédition nocturne

Peu après minuit, la porte du bungalow des Lierres s'ouvrit sans bruit. Une petite silhouette sombre sortit dans la nuit. Hermux descendit de la véranda et s'arrêta pour se repérer. Il boutonna sa vieille veste pour se protéger de l'humidité pénétrante du brouillard et huma l'air.

Il ne savait pas trop quelle odeur avaient les serpents ; il n'en avait vu qu'en photo. Mais il imaginait qu'ils sentaient le cuir, avec une pointe d'amertume. Comme il n'y avait rien de louche dans l'air, à part un parfum de chèvrefeuille, il remonta à pas prudents l'allée qui menait au bâtiment principal. Lorsqu'il lui sembla être parvenu à mi-chemin, il quitta l'allée et coupa à travers la pelouse en piquant – espérait-il – en droite ligne sur le laboratoire. Peu après, il aperçut des lueurs et se retrouva devant une haie qui longeait le bâtiment.

Il la remonta sur quelques mètres et parvint à la hauteur d'une rangée de grandes fenêtres – celles du labo principal, pensa-t-il. Il se faufila à quatre pattes à l'intérieur de la haie et tendit l'oreille. De l'intérieur lui parvinrent le ronronnement des moteurs ainsi que des bribes de conversation. Hermux rampa le long de la façade en direction de la salle de repos du personnel. Une sorte de sentier avait été creusé dans la haie, aussi Hermux avançait-il rapidement.

Quelques instants plus tard, il plongeait le regard par le soupirail : le salon était vide. Hermux s'installa patiemment, prêt à attendre. Mais il n'en eut pas pour longtemps. Le bruit des machines du labo ralentit, et les fenêtres s'éteignirent une à une. Finalement, quelqu'un entra dans le salon du personnel et coupa la lumière. Un profond silence s'abattit sur la clinique du Dernier-Recours.

Hermux se prépara. L'excitation et le suspense lui faisaient frétiller le bout de la queue. Il inséra la pointe des griffes avant dans le haut du chambranle de la fenêtre et tira doucement vers lui. La fenêtre bougea très légèrement. Il tira plus fort. Elle céda d'un coup et s'ouvrit en grinçant.

Le cœur d'Hermux battait si fort qu'il avait l'impression d'entendre le sang couler dans ses oreilles. Puis il se rendit compte avec effroi que ce n'était pas ses oreilles qu'il entendait : c'était un bruissement dans les feuilles mortes. Une créature rampait au sol, le long du bâtiment. Et elle se déplaçait très vite. Une odeur piquante, inconnue, monta dans l'air nocturne.

En un seul mouvement, Hermux s'engouffra par la fenêtre et la referma derrière lui. Pendant qu'il dégringolait dans le vide, il entendit un choc violent contre le carreau. Puis il s'effondra sur la banquette.

*Chapitre 65*

# Une sangle à la patte

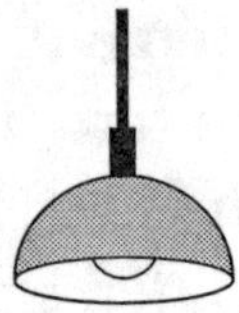

Hermux atterrit lourdement sur le flanc. Le choc lui coupa le souffle et il se tordit la cheville. Tout pantelant, il se redressa avec effort. Au-dessus de lui, le carreau vibra bruyamment, ébranlé par un deuxième impact. Hermux eut un mouvement de recul et se leva de la banquette. Il testa sa cheville. Elle lui faisait mal, mais il pouvait encore marcher. Il clopina dans le noir, contourna la table et les chaises et chercha la porte en tâtonnant le long du mur. Il plaqua l'oreille à la paroi. Aucun son, à part sa propre respiration, rauque et saccadée.

Il saisit la poignée et la tourna prudemment.

Elle refusa de bouger. Il tourna plus fort. La poignée était complètement bloquée. C'est alors qu'à sa profonde stupeur elle s'anima dans sa patte et s'actionna d'elle-même ! La porte s'ouvrit tout grand, laissant entrer un flot de lumière. Et Hermux se retrouva nez à nez avec le docteur Mennus.

– J'espère que nous ne vous avons pas fait attendre, monsieur Pulmix, dit Mennus d'un ton sarcastique. Personnellement, j'ai horreur qu'on me fasse attendre. Je me demande ce qui a bien pu piquer si fort votre curiosité. Assistants ! Monsieur Pulmix doit être épuisé, après son voyage. À mon avis, il devrait s'allonger.

Deux rats de laboratoire surgirent derrière Mennus et se précipitèrent dans la pièce. Hermux leva les bras pour se défendre, mais il ne faisait pas le poids face à ces deux grands rats sveltes. Ils le plaquèrent sur la banquette et le ligotèrent solidement avec d'épaisses sangles de cuir. Mennus boucla lui-même les courroies, puis il les ferma à clé.

– Ce n'est pas que je ne vous fasse plus confiance, monsieur Pulmix, expliqua-t-il hypocritement tout en fourrant la clé dans sa poche. Mais, vu votre fragilité nerveuse qui ne fait que s'accroître, je me sentirais responsable si jamais, disons, vous vous faisiez du mal.

– Combien de temps croyez-vous pouvoir me retenir ici avant que ma disparition soit signalée ?

– Eh bien, ça dépend du temps qu'il faudra aux gens de Couver pour remarquer votre absence, pas vrai ? répondit Mennus avec un sourire entendu. Bien sûr, poursuivit-il, peut-être ne sera-t-il pas nécessaire de vous retenir, en fin de compte. Surtout si vous décidez de vous confier à moi. Je suis votre médecin, après tout. Vous pouvez tout me dire. Et si vous me donnez des explications satisfaisantes sur votre véritable identité, la vraie raison de votre venue et ce que vous cherchez, peut-être pourrais-je vous prescrire le traitement qui vous convient. En attendant, je crois que nous allons procéder à une bonne série d'électrochocs pour vous calmer les nerfs. J'ai programmé le début du traitement pour demain matin à la première heure. Ce qui vous laisse le restant de la nuit pour réfléchir, monsieur Pulmix. Faites de beaux rêves.

Mennus vérifia de nouveau que les sangles étaient toutes bien serrées. Puis il sortit avec les rats en éteignant la lumière et referma la porte derrière lui.

*Chapitre 66*

# Un grattement dans la nuit

Hermux eut beau se débattre, il était solidement ligoté. Il ne pouvait remuer que la tête et les pieds. Il tenta de balancer la banquette d'avant en arrière dans l'espoir de la renverser : impossible de la faire bouger d'un poil.

Il y renonça et fit le point sur sa situation. Même l'aventurier débutant qu'il était se rendait bien compte qu'elle ne présageait rien de bon.

Au matin, quand Pup verrait qu'il n'appelait pas, il préviendrait la police. Peut-être les policiers feraient-ils quelque chose. Mais ce n'était pas garanti. Et même s'ils venaient au Dernier-Recours, que trouveraient-ils ?

Et lui, dans quel état serait-il, une fois que Mennus aurait commencé les électrochocs ?

Et si Mennus portait plainte contre lui, s'il l'accusait d'être un cambrioleur pris en flagrant délit, et de surcroît inscrit à la clinique sous un faux nom ?

– Je me suis conduit en parfait imbécile, dit tristement Hermux au salon vide. Hermux Tantamoq, horloger et empoté professionnel. Je suis tombé dans le piège comme un débutant.

Il y eut un petit bruit sec en provenance du carreau. Suivi d'un autre. Puis un très léger grattement. Terrorisé, Hermux vit le soupirail s'entrouvrir en grinçant.

Il s'attendait à voir la tête d'un serpent pointer par l'embrasure d'une seconde à l'autre. Et il savait qu'il serait alors avalé tout entier, comme il l'avait vu dans un reportage.

Au lieu de quoi, il entendit un chuchotement :

– Tantamoq, vous êtes là ?

C'était Pup.

*Chapitre 67*

# Du renfort

– Je suis là, Pup, répondit Hermux. Je me suis fait capturer.

Le faisceau d'une minuscule torche balaya la pièce et s'arrêta sur Hermux, ligoté sur la banquette.

– Bravo, vieille souris ! s'exclama Pup en voyant les sangles. On dirait que vous avez vaillamment résisté !

Il se glissa à moitié par le soupirail et descendit autant qu'il put le long du mur. Puis il se laissa lourdement tomber sur la banquette et atterrit un pied en plein sur le ventre d'Hermux.

– Aïe ! grogna Hermux.

– Désolé, vieille souris, s'excusa Pup. C'était plus loin que je croyais.

Il sauta au sol et s'attaqua aux sangles.

– Je me suis inquiété après votre coup de fil, à la pensée que vous étiez ici tout seul. Et je me suis dit : « Pup, prends-toi par la main et va voir ce que Tantamoq et toi pouvez faire ensemble. Cette mission est peut-être trop dure pour une seule souris. » Et c'est à croire que j'avais raison. J'ai laissé mon scooter derrière le portail et je suis entré. J'ai essayé toutes les fenêtres de cette façade. Dites donc, elles sont fermées à clé, ces sangles ! Qui a la clé ?

– Mennus. Que pouvons-nous faire ?

– Voyons voir. Laissez-moi réfléchir. Où est Mennus ?

– Il est sans doute retourné à son bureau. Je crois qu'il travaille très tard.

– Y a-t-il des outils au labo ? Quelque chose dont je pourrais me servir pour couper ces sangles ?

– Je ne sais pas. Je n'ai pas pu explorer beaucoup, mais il y a des placards de rangement le long de tous les murs, sous les fenêtres.

– Dans ce cas, ne bougez pas, murmura Pup. Excusez-moi, vous auriez du mal à bouger ! Je vais chercher ce qu'il me faut et je reviens. Où est Perflinker ?

– Il y a une porte tout au fond du labo. Je crois qu'elle est là. Mais faites attention, Pup. Mennus est très malin.

– Ne vous inquiétez pas. J'ai l'habitude de farfouiller en douce.

Il entrebâilla la porte et se glissa au-dehors en refermant silencieusement derrière lui.

Hermux attendit, rongé par l'inquiétude. Dix minutes s'écoulèrent. Pup ne revenait pas. Soudain, il y eut un grand fracas dans le labo. Hermux tendit le cou vers la porte. Quelqu'un cria et des lumières s'allumèrent dans le laboratoire.

Il entendit des bruits de lutte. Puis le silence retomba.

Quelques instants plus tard, la porte s'ouvrit, et les deux rats poussèrent brutalement Pup dans la pièce.

Pup croisa le regard d'Hermux et haussa tristement les épaules, sans souffler mot.

– Va chercher une corde ! dit le plus grand des deux rats. Je le surveille.

L'autre rat revint avec un rouleau de corde et, à eux deux, ils assirent Pup de force sur une chaise, puis ils le ligotèrent méthodiquement en lui serrant très fort les poignets et les chevilles.

Après cela, le grand rat donna un grand coup de pied à Pup pour vérifier la solidité des nœuds.

– Ça va tenir, commenta-t-il avec satisfaction. Et maintenant, on a intérêt à prévenir Mennus.

*Chapitre 68*

# Les ficelles du métier

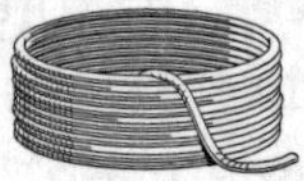

À peine les rats eurent-ils quitté la pièce que Pup commença à gigoter sur sa chaise.

– Je suis désolé, Tantamoq, dit-il en tortillant les jambes, tout recroquevillé sur lui-même. Cet endroit est piégé. J'ai déclenché un dispositif et ils m'ont sauté sur le paletot. Ces rats sont des durs. Je crois qu'ils m'ont abîmé l'épaule.

– On dirait que nous sommes fichus, Pup. Je regrette de vous avoir entraîné dans cette aventure.

– Sottises, dit Pup, qui prit une grande inspiration. Jusqu'à présent, c'est formidable. Et là je tiens le bon bout.

Il projeta tout son corps en avant dans une violente secousse. La corde se défit et glissa au sol.

Hermux le regarda, bouche bée.

– Pas mal, hein ? J'ai écrit un article sur les cirques, les fêtes foraines et les tours de magie, l'année dernière. J'ai appris quelques petits trucs utiles.

Là-dessus, il regarda Hermux avec gravité.

– Mais nous voilà revenus au point de départ, ajouta-t-il. Avez-vous des idées ?

Hermux réfléchit très fort.

– Écoutez, Pup. Vous devez sortir d'ici ! Retournez en ville et prévenez la police.

– D'accord. Mais que vais-je dire ?

– Racontez-leur toute l'histoire. Depuis le début.

– Mais nous n'avons toujours pas de preuve !

– Si, Pup. J'ai la formule de Dandiffer. Montrez-la-leur.

Pup se pencha en avant, dévoré par la curiosité.

– Où est-elle ?

– Chez moi. Mes clés sont dans ma poche. C'est la clé en cuivre à double panneton. Dans mon bureau, vous verrez une cage posée sur un piédestal. La formule est cachée sous le journal qui tapisse le fond de la cage.

– Entendu. Ça fera peut-être l'affaire, dit Pup, en sortant les clés de la poche d'Hermux.

– Encore une chose, Pup. Dandiffer a envoyé une sorte de catalyseur. Il se trouve dans la petite boîte à côté de la cage. Vous pourrez leur montrer cela aussi.

– Parfait ! s'exclama Pup avec un grand sourire.

Des bruits résonnèrent dans le labo – des voix et des pas qui se rapprochaient.

– Filez, Pup ! Ne vous inquiétez pas pour moi !

Mais Pup ne bougea pas d'un pouce. Il était figé sur place, comme perdu dans ses pensées. Les voix et les pas s'entendaient juste derrière la porte, à présent.

– Courez, Pup ! Sauvez-vous par la fenêtre ! Il ne va rien m'arriver, je vous assure !

– Je ne m’inquiète pas le moins du monde pour ça, mon ami, dit Pup, d’un ton qui parut bien étrange à Hermux.

Il n’était plus question de fuir, à présent, pour Pup. La porte s’ouvrit et les deux rats déboulèrent dans la pièce. Et cette fois-ci, ils étaient armés.

## Chapitre 69

# Bas les masques

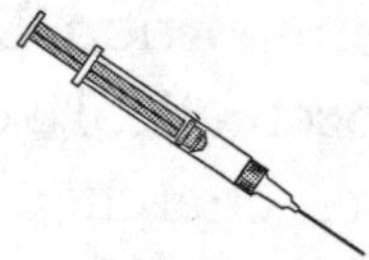

– Pauvre Pup, soupira Hermux, tout affligé. Dans quel pétrin vous ai-je mis !

– Eh bien, pour être tout à fait précis, dit Pup, c'est plutôt moi qui vous ai entraîné là-dedans. Bien sûr, si vous vous étiez contenté de vous mêler de vos affaires dès le début, vous n'en seriez pas là. Décevant, non ?

Sur ces mots, il porta la patte à ses grandes dents de devant et tira dessus. Glacé d'horreur, Hermux vit le sourire chaleureux et désarmant de Pup lui rester dans la main, remplacé par une rangée de petites dents pointues.

Pup mit ensuite les doigts dans sa bouche et en retira deux abajoues en caoutchouc. Son visage joufflu et jovial se creusa brutalement en se sillonnant de rides profondes.

Il déboutonna son élégante veste, ouvrit son gilet et poussa un gros soupir de soulagement.

– Vous ne pouvez pas imaginer comme c'est inconfortable !

Son corps tout entier s'affaissa, libérant une bedaine grassouillette. Il sortit une paire de lunettes noires de la poche de son gilet et les chaussa. Pup Schounagliffen, l'énergique Pup plein d'allant, avait disparu. À sa place se tenait le sinistre, le fourbe docteur Hiril Mennus.

– Tiens ! lança-t-il au petit rat blanc. Voici la clé de l'appartement de la demi-portion. La formule est dans le fond de la cage de la coccinelle. Le catalyseur est dans la boîte d'aliments. Va les chercher et reviens immédiatement.

Mennus se tourna vers le grand rat.

– Bien joué, lui dit-il, avant de lui envoyer un méchant coup de pied dans le tibia. Mais le coup de pied était de trop, espèce de crétin !

Hermux ne quittait pas Mennus des yeux. Finalement, il prit la parole.

– Vous m'avez manipulé depuis le début ! bafouilla-t-il avec fureur. Vous m'avez attiré dans un piège ! C'est vous qui m'avez fait venir ici ! Vous m'avez trahi !

– Vous vous êtes trahi tout seul, stupide petit fouineur. Qui vous a demandé de fourrer votre nez là-dedans, hein ? A-t-on idée d'espionner les gens ! D'entrer par effraction chez eux ! De farfouiller dans leur dos ! D'ouvrir leur courrier ! Si vous m'aviez donné la formule comme je vous l'avais demandé, vous mèneriez toujours votre insignifiante petite vie d'horloger. Et vous n'y auriez vu que du feu.

– Mais Mlle Perflinker ! explosa Hermux.

– Mlle Perflinker ! siffla Mennus avec hargne. Encore une fouineuse de première, celle-là. Je vois bien pourquoi elle vous plaît, vous savez. Deux imbéciles curieux qui s'obstinent à fourrer leur nez dans des choses qui ne les regardent pas. Pour commencer, si cette folle de Perflinker s'était abstenue d'aller traîner à Teulabonari, à l'heure qu'il est, elle sillonnerait encore le globe en bonne petite âme charitable qu'elle est. Et mes usines tourneraient déjà à plein régime. Elles produiraient de la jeunesse éternelle pour les masses. Et des millions pour moi.

– Scélérat ! rugit Hermux. Faux-jeton !

– Pike, dit Mennus en s'adressant au grand rat. Donne-moi ma seringue. L'excitation a mis M. Tantamoq sur les nerfs. Je crois qu'il est mûr pour une longue, longue sieste !

*Chapitre 70*

# Machinations diaboliques

Hermux aurait été incapable de dire combien de temps il était resté sans connaissance. Il entendit vaguement des voix et sentit qu'on le déplaçait, mais son corps lui semblait à des kilomètres de distance. Lorsque Pike et l'autre rat le soulevèrent de la banquette et le lâchèrent sur le brancard, il retomba avec un bruit mat.

– Il est plus lourd qu'il en a l'air ! gémit le plus petit des deux rats.

– Est-il réveillé ? demanda son acolyte.

– Bien sûr que non ! Cette injection que lui a faite Mennus assommerait un castor. Il a de la chance de respirer encore.

– Est-ce bien de la chance ?

Ils ricanèrent méchamment.

– Est-ce bien d'la chance ? reprirent-ils en chœur tout en poussant le brancard dans le laboratoire.

Hermux essaya d'ouvrir les yeux. La lumière aveuglante lui provoqua immédiatement d'horribles élancements à la tête. Il tenta de se redresser, mais ne parvint qu'à rouler la tête sur le côté. Les mouvements de la civière lui donnaient mal au cœur. Il eut peur de vomir. Brusquement, il sentit qu'on le hissait dans l'air par les mains et les pieds, pour le poser sans ménagement sur une surface de bois dur.

– Attache-le ! dit le petit rat.

Hermux sentit une première sangle le serrer au bas des pattes. Puis une autre à mi-hauteur. Suivie d'une troisième en travers de son ventre, qui lui immobilisa les pattes le long du corps. Il rassembla toute l'énergie qui lui restait pour gonfler ses poumons au maximum. Puis s'efforça de retenir son souffle pendant que les rats se débattaient avec la serrure de la sangle.

– Un vrai goret ! ricana le petit rat. On devrait peut-être le passer dans le Yo-Baby 2000 avant de commencer.

– À mon avis, ce traitement va lui faire perdre ses kilos en trop !

– Chut !!! Voilà Mennus !

– OK, les rats, finissez-en avec lui et allez chercher la demoiselle ! leur ordonna sèchement Mennus. L'entracte est presque fini ! Il est temps de lever le rideau sur le deuxième acte.

Les rats disparurent avec le brancard.

Mennus se dirigea vers le distributeur d'eau fraîche et en revint avec un verre plein. Il se posta devant Hermux et l'examina quelques instants. Puis il jeta l'eau à la figure du pauvre Hermux tout groggy.

– Debout, Tantamoq ! Je ne veux pas que vous ratiez une seule seconde de ce qui va suivre.

Hermux ouvrit les yeux en crachotant.

– Voyez-vous, je vous ai préparé quelque chose de très spécial pour vous remercier de la formule et du catalyseur. Ils m'ont été remis sans incident à l'instant, dit Mennus en prenant de grands airs. C'est une sorte de cadeau d'adieu.

Pendant qu'il parlait, Hermux tenta de repérer les lieux. On l'avait emmené dans la zone de travail top secrète. Il distingua les contours du Yo-Baby 2000 derrière Mennus. Et n'entrevit aucun moyen de s'enfuir.

– Comme je sais que vous adorez les mécanismes bien conçus, poursuivait Mennus d'une voix monocorde, étant horloger vous-même, j'ai pensé que vous voudriez connaître quelques détails techniques avant que nous lancions l'opération. Ensuite, il faudra vraiment que je retourne travailler. Tant de choses à faire en si peu de temps !

Les rats revinrent avec le brancard. Il y avait quelqu'un dessus. Une silhouette qui parut familière à Hermux. Tournant la tête autant qu'il put, il reconnut Mlle Perflinker.

Elle avait les pieds et les poings liés, et une large bande d'adhésif lui couvrait la bouche. Elle paraissait amaigrie et à bout de forces. Mais, lorsqu'ils la soulevèrent de la civière, elle se débattit comme un diable pour se dégager. Ses yeux farouches et déterminés lançaient des éclairs de colère.

– Eh oui, Tantamoq ! Mlle Perflinker, enfin !

Les rats la jetèrent sans cérémonie sur la plate-forme, à côté d'Hermux.

– Comme c'est charmant de vous voir réunis, dit Mennus d'un ton triomphant. Dommage que vous soyez condamnés à vous connaître si brièvement. Maintenant, les rats, apportez-moi ma petite invention.

– J'espère qu'ils ne vous ont pas fait de mal, mademoiselle Perflinker ! dit Hermux avec ferveur.

Elle tourna vers Hermux un regard plein d'espoir, puis le reporta sur Mennus. Elle plissa alors les yeux de dégoût.

– Tut-tutt ! intervint Mennus. Gardez ça pour plus tard. Vous n'aurez pas beaucoup de temps, bien sûr. Mais un petit peu quand même...

Les rats revinrent en poussant un appareil très haut monté sur roues, qui ressemblait beaucoup à un mécanisme d'horloge sorti de son boîtier.

– Je n'ai jamais aimé ce machin, confia Mennus, qui le plaça à côté d'Hermux et verrouilla les roues. Mais c'est un meuble de famille, vous comprenez. Maintenant, il va enfin servir à quelque chose.

Il déroula un câble d'une poulie située sur le dessus de l'horloge, le fit passer au-dessus de la tête d'Hermux et l'accrocha à une grosse barre métallique qui bordait la plate-forme en bois.

« Que manigance-t-il donc à présent ? » se demanda Hermux en gigotant pour mieux voir. Mennus attrapa une sorte de harnais de cuir qu'il attacha solidement autour de la poitrine d'Hermux. Puis il tira un fil assez court du mécanisme de l'horloge et le passa dans le harnais.

Lorsque Hermux prit son inspiration suivante, le fil tira sur l'horloge. Avec un déclic sonore, les rouages de l'horloge avancèrent d'une dent. Le câble au-dessus de lui se tendit légèrement.

– Voici ce que j'appelle de la technologie à l'énergie cent pour cent souris, dit Mennus. (Il sortit un tourne-à-gauche d'une boîte à outils et ajusta le harnais et le câble.) À propos, Tantamoq, tous mes compliments pour votre choix d'outils. Ils sont vraiment remarquables !

– Ce sont les outils de mon grand-père ! explosa Hermux. Comment osez-vous ?

– Je sais que c'est vilain, répondit Mennus. Mais ils étaient juste là, dans le placard de votre entrée. Et vous n'aviez pas l'air de vous en servir. Alors Pike les a rapportés en même temps que la formule. Et, regardez, ils sont parfaits pour ce que nous faisons. Je vais les laisser là.

– Bien, êtes-vous confortablement installés tous les deux ? demanda-t-il. Il ne faudrait pas que vous soyez mal à l'aise, vous risqueriez d'accélérer les choses et de gâcher le plaisir ! Le génie de mon dispositif, vous comprenez, c'est que vous faites le boulot vous-mêmes. Je ne suis là que pour le mettre en marche. Et, bien sûr, le moment venu, pour vous dire au revoir.

– Comme vous le voyez, fit observer Mennus, le harnais est relié au fil. Le fil est relié à l'horloge. L'horloge est reliée au câble. Et le câble est relié à...

Mennus se tut et toisa Hermux d'un œil interrogateur.

– Ha ha ! Toute la question est là, n'est-ce pas ? À quoi le câble est-il relié ? Des suggestions ? Hmm ? Allons, Tantamoq ! Vous devriez avoir déjà deviné !

Hermux suivit le câble du regard jusqu'à la barre métallique. Il tordit le cou pour voir où celle-ci menait, après le coin de la plate-forme : la barre semblait prise dans un gros ressort en spirale placé juste derrière Mlle Perflinker. Le dispositif lui paraissait vaguement familier, mais de là où il se trouvait, il avait du mal à voir comment le tout s'agençait. Il regarda Mennus qui se penchait vers lui, vibrant d'excitation et d'impatience. Il scruta le miroitement de ses lunettes fumées. Et soudain il crut comprendre.

– Non ! s'écria Hermux. Même vous, vous ne pouvez pas être aussi monstrueux !

– Oh que si, oh que si ! glousa Mennus. La preuve !

Hermux distinguait nettement son reflet et celui de Mlle Perflinker dans les miroirs foncés des lunettes de Mennus. Il voyait à présent comment les différentes parties du dispositif s'assemblaient. Il discernait les contours de la plate-forme en bois et s'aperçut que la barre en métal ne l'entourait que sur deux côtés. En fait, elle faisait partie du ressort en spirale. Alors tout se mit en place. Plus aucun doute : ils étaient ligotés, Mlle Perflinker et lui, à l'intérieur d'une grande souricière.

Il respira à fond, sentit le mouvement du harnais, entendit la roue dentée tourner et vit avec incrédulité la barre de métal monter d'un cran dans l'air.

– Vous êtes fou, Mennus. Vous n'échapperez jamais à la justice, si vous faites ça !

– Oh que si, Tantamoq, dit Mennus. Oh que si. Je m'en tire toujours. Maintenant, avant de m'éclipser et d'aller travailler sur cette formule, je vais vous expliquer certaines caractéristiques de la machine. Comme vous le voyez, vous avez le contrôle total des opérations. Vous pouvez respirer vite ou lentement, à vous de choisir. Prenez votre temps ou accélérez le processus, selon votre humeur. Et voici la touche finale, ma préférée. Il m'a fallu un bon moment pour la mettre au point. J'ai réglé la plate-forme pour qu'elle pivote vers l'avant à mesure que vous ferez monter la barre. Comme ça, une fois que vous aurez activé le piège, comme on dit, vous serez dans une position qui vous permettra de jouir de tout le bénéfice thérapeutique de son action. Maintenant, il faut vraiment que je me sauve. En plus, je suis sûr que vous avez plein de choses à vous raconter, tous les deux.

*Chapitre 71*

# Le temps de se retourner

Allongés côte à côte dans un état de choc, ils écoutaient le grincement de la machine meurtrière de Mennus. Il fallut un certain temps à Hermux pour oser tourner la tête vers Mlle Perflinker.

– Je suis infiniment désolé ! lui dit-il. Mennus est un monstre et, le pire, c'est que je le prenais pour mon ami. J'ai bien peur d'être tombé dans le panneau à chaque étape de son plan. J'ai terriblement honte.

Mlle Perflinker posa sur lui le regard clair de ses grands yeux bruns. Malgré leur fâcheuse posture, elle n'avait pas l'air de tenir Hermux pour responsable de sa situation. Et, à y bien réfléchir, lui non plus. Il avait fait tout son possible. Et si la situation lui avait échappé, peut-être était-ce parce que jamais, jusqu'alors, il n'avait rencontré un individu aussi infâme que Mennus. Un être dépourvu de cœur, capable de faire semblant d'être votre ami alors même qu'il vous entraîne dans un piège élaboré. Cette simple pensée mettait Hermux dans une rage qu'il n'avait encore jamais éprouvée.

Mlle Perflinker se mit à gigoter dans ses liens. Et Hermux estima qu'il n'était pas encore prêt à accepter la défaite.

– Je vais essayer de me libérer les mains, expliqua-t-il à Mlle Perflinker.

Il prit une grande inspiration, puis il expira le plus à fond possible, en creusant la poitrine pour tenter de sortir son bras droit de la sangle qui le plaquait contre son corps. Il parvint à bouger légèrement le bras. À nouveau, il inspira et expira en se concentrant mentalement pour se sentir plus mince. Il tira très fort, et son bras glissa. Encore une respiration, et il fut totalement dégagé.

Hermux voulut ensuite libérer son bras gauche, mais celui-ci était tout ankylosé. La circulation était coupée, et Hermux ne put le remuer d'un pouce. Il tenta d'ouvrir les boucles des sangles, mais elles étaient fermées à clé. Il essaya de décrocher le harnais de l'horloge : impossible d'une seule patte. À ce moment-là, il vit que la barre avait déjà grimpé à mi-course. Il sentit la panique le gagner. Il avait besoin de plus de temps, il le savait.

Il fouilla dans la poche de sa veste. À part quelques pièces de monnaie et des fragments qui ressemblaient, au toucher, à des miettes de chips, il ne trouva rien.

« Mais ça fait des mois que je n'ai pas mangé de chips », se dit-il. Alors il se revit dans le salon de Mlle Perflinker, en train de grignoter une feuille de la plante de lune. Il avait fourré le reste dans sa poche. Il en était sûr. C'était la plante de lune. Il se lécha la patte et parvint à récupérer les fragments entre ses doigts mouillés. Il les mangea jusqu'au dernier, puis se mit à jouer distraitement avec les pièces tout en réfléchissant. Si seulement il arrivait à atteindre la boîte à outils de son grand-père, il pourrait peut-être attraper ses cisailles et trancher les sangles. Si seulement il pouvait arrêter le temps jusqu'à ce que son bras engourdi se réveille.

Mais oui ! Hermux allait tenter d'arrêter le temps, exactement comme Nock Noddem. Et il le ferait avec une pièce de 5 *cents*.

Il sortit une pièce de sa poche et la serra entre deux doigts. Il prit une grande inspiration et expira à fond en étirant le corps le plus loin possible pour se rapprocher du mécanisme de l'horloge. Ses doigts effleurèrent la grande roue de l'engrenage. Son bras tremblait sous l'effort. Et la pièce tomba par terre en résonnant.

Hermux jeta un coup d'œil à Mlle Perflinker. Elle hocha la tête en signe d'encouragement. Il essaya de nouveau avec sa dernière pièce. Inspiration... expiration. Il se contorsionna, tendit le corps au maximum et réussit enfin à loger la pièce entre deux dents de la roue. L'horloge émit un grincement, puis s'arrêta avec un soubresaut. La barre de la souricière s'immobilisa dans l'air, aux trois quarts de son parcours.

Hermux empoigna le rebord de la plate-forme et s'étira le plus possible. Il distinguait les contours de la boîte à outils dans la pénombre. S'il avait les deux bras libres, il pourrait sans doute l'atteindre. Il se frotta vigoureusement le bras gauche. Il sentait le sang revenir. Son bras picotait. Le démangeait. Fourmillait. Il remua les doigts et, peu à peu, dégagea le bras tout entier.

Chapitre 72

# Pup tient un scoop

En s'étirant au maximum, Hermux parvint à accrocher la poignée de la boîte à outils du bout des doigts, puis à la traîner vers lui. Mais, alors qu'il s'apprêtait à l'ouvrir, la voix de Mennus résonna dans le labo :

– Tantamoq !

Des pas précipités martelèrent le carrelage.

– Tantamoq ! Je l'ai ! cria Mennus. J'ai la formule de la jeunesse éternelle !

Mennus déboula dans la pièce à l'instant même où Hermux regagnait hâtivement sa place et plaquait les bras le long du corps.

– Dieu merci ! s'écria-t-il. Vous êtes encore là ! Je veux dire, bien sûr que vous êtes là, mais vous êtes encore *des nôtres*. C'est ce qui compte !

Hermux se demanda un bref instant si Mennus avait changé d'avis.

– Avant votre départ, je voulais vous remercier de votre aide pour la formule, continua Mennus, qui brandit triomphalement un flacon de verre rempli à moitié d'un liquide foncé. Je n'y serais jamais arrivé sans vous.

Tous les deux, d'ailleurs. Alors, pour vous montrer ma reconnaissance, je vous ai écrit un petit hommage. C'est un au revoir spécial de Pup. Je voulais recueillir vos commentaires, tant que vous êtes encore disponibles. Ce n'est qu'un premier jet, ajouta-t-il. Il y a peut-être des passages à peaufiner. Mais enfin, voilà...

Quand il commença à lire l'article dactylographié, Mennus reprit l'intonation enthousiaste et familière de Pup Schounagliffen :

## L'amour tourne au drame

*Un horloger de la région tue une aventurière et se donne la mort avec elle dans une étrange machine à suicide.*

Deux habitants de Pinchester ont péri sur le coup hier soir dans ce que la police appelle un « assassinat-suicide ».

Hermux Tantamoq aurait enlevé l'aviatrice Linka Perflinker de son bungalow à la clinique de remise en forme ultra-chic du Dernier-Recours. Ensuite, il l'a tuée et s'est suicidé à l'aide d'un appareil complexe qu'il avait secrètement construit sur place.

Le Dr Hiril Mennus, directeur médical de la clinique, joint ce matin par téléphone, nous a fourni des détails sur cet horrible crime.

« Apparemment, M. Tantamoq pourchassait Mlle Perflinker depuis déjà quelque temps, dit Mennus. Il la terrifiait. Elle m'a confié qu'il l'avait harcelée verbalement et qu'il s'était introduit par effraction chez elle. Il lui avait même envoyé une photo obscène de lui, que la police a trouvée ce matin en fouillant le domicile de l'aviatrice. Mlle Perflinker a tenté de lui échapper, mais il a retrouvé sa trace au Dernier-Recours. Il est entré ici avant-hier sous un faux nom et avec un déguisement. Il a été surpris en flagrant délit, alors qu'il s'introduisait dans un des laboratoires. Malheureusement, il est parvenu à s'enfuir et s'est caché dans un secteur désaffecté de notre laboratoire. Visiblement, il a pu monter son horrible machine sans se faire repérer. »

Une porte-parole de la police a confirmé que la boîte à outils de Tantamoq avait été retrouvée sur les lieux du crime, mais elle a refusé de donner des précisions sur l'appareil. D'après une rumeur non confirmée, Tantamoq aurait recouru à son savoir-faire d'horloger pour fabriquer une souricière automatisée, qu'il a ensuite retournée contre lui-même et sa victime.

Alors que les détails de cette épouvantable tragédie se font jour, les habitants de Pinchester se demandent ce qu'ils auraient pu faire pour l'empêcher.

Lista Blenwippel, la factrice du centre-ville, connaissait Tantamoq depuis des années. « Je me faisais du souci pour M. Tantamoq depuis le début du printemps. Il était obsédé par Mlle Perflinker. Il m'a dit récemment que s'il ne pouvait pas l'avoir, alors personne ne l'aurait. »

– Je n'ai jamais dit ça ! interrompit Hermux, furieux.

– Je sais, reconnut Mennus. Mais avouez que vous auriez aimé le dire ! C'est tellement romantique !

– Et c'est vous qui avez pris cette photo ! C'est Mlle Tarmon ! Elle m'a dit que c'était pour vos dossiers !

– Et c'était vrai ! Vous comprenez, maintenant, pourquoi il est tellement important que je tienne parfaitement mes dossiers.

Mennus lança un regard plein d'expectative à Hermux et Linka.

– Alors ? demanda-t-il. Qu'en pensez-vous, dans l'ensemble ? Le ton est-il juste ? Soyez francs.

Hermux prit la parole d'une voix basse et posée :

– Je crois que vous êtes complètement fou. Vous avez besoin d'aide. Pup, écoutez-moi. Je sais que vous n'avez pas un mauvais fond. Vous devez nous relâcher. Nous vous aiderons.

– Vous allez m'aider ? Vous, ridicule vermisseau, vous allez m'aider ? Moi qui ai découvert la formule de la jeunesse éternelle ? Moi, le héros des riches du monde entier ? Ça m'étonnerait ! rétorqua-t-il brutalement. Dites donc, qu'est-ce qu'elle a cette machine, à traîner comme ça ? Elle ne bouge même pas ! s'exclama-t-il avec colère.

Mennus se pencha sur la machine et scruta les rouages.

– Qu'est-ce que c'est que ça ? s'écria-t-il en retirant la pièce de 5 *cents* coincée dans le mécanisme. Avec un hoquet, l'engin se remit en marche. Que se passe-t-il ici ?

(Mennus lança des regards furieux dans tous les coins du labo.) Qui est là ?

Il attrapa le flacon d'élixir de jeunesse.

– Donne-moi ça ! ordonna une voix jaillie du pas de la porte. Je l'ai payé. Ça m'appartient. Et j'ai attendu bien trop longtemps !

C'était Tucka Mertslinn. Elle portait une combinaison en lurex noir, avec une queue onduleuse et des oreilles de chat en peluche. Et braquait un pistolet argenté sur Mennus.

– Dieu merci ! s'exclama Hermux. Tucka ! Arrêtez cette machine avant qu'elle ne nous tue !

Tucka lui adressa un regard méprisant. Elle n'avait que faire de la machine et d'Hermux.

– Comment es-tu entrée ? lui demanda Mennus.

– Je suis la propriétaire, imbécile. J'ai les clés ! Et maintenant, donne-moi la formule et le flacon !

– Tu veux dire ceci ? rétorqua Mennus en sortant une feuille de papier pliée de la poche de sa blouse blanche.

Il la brandit bien haut. Brusquement, un briquet surgit dans sa main libre. Avant que Tucka ait pu faire le moindre geste, la formule avait pris feu.

*Chapitre 73*

# Du cousu machine

Mennus lâcha la formule qui brûlait, et Tucka se jeta dessus. Elle piétina furieusement les flammes avec ses talons aiguilles, ce qui les éteignit en quelques secondes, mais réduisit malheureusement la feuille de papier en charpie.

Elle se retourna contre Mennus, folle de rage.

– Donne-moi le flacon ! gronda-t-elle en se rapprochant avec le pistolet.

– Essaie donc de m'y forcer ! railla Mennus.

D'un geste leste, il porta le flacon à ses lèvres.

– Ne faites pas ça ! l'avertit Hermux.

C'était déjà trop tard. Mennus avait bu l'élixir jusqu'à la dernière goutte.

Il retira brusquement ses lunettes. Une lueur de folie brillait dans son regard. D'un geste, il envoya bouler le pistolet hors des mains de Tucka.

– Maintenant, la jeunesse m'appartient ! glousssa-t-il. À moi et à moi seul ! La formule est gravée là ! Il porta un doigt à la tête. Et tu ne peux rien y faire ! Je tire ma révérence ! Je recommence à zéro. Loin d'ici, dans un endroit où il n'y a pas de Tucka Mertslinn. Encore merci, mademoiselle Perflinker ! Et merci d'avance pour votre avion !

Mennus se dirigea vers la porte. C'est alors qu'un violent spasme le secoua de la tête aux pieds. Ses yeux se mirent à cligner nerveusement ; sa tête s'agitait de manière désordonnée.

Hermux le regardait, fasciné.

Puis Mennus se mit à rétrécir. L'espace d'un instant, il ressembla de nouveau à Pup Schounagliffen : énergique et svelte. Puis il eut l'air d'un Pup Schounagliffen jeune. Puis d'un très jeune Pup. Il rétrécissait de plus en plus vite. Le flacon lui glissa des mains et se brisa par terre. À l'endroit où se trouvait Mennus un instant plus tôt, un bébé taupe les regardait avec des yeux affolés. Il jeta les bras en l'air et s'avança en titubant vers Tucka :

– Maman !

– Laisse-moi tranquille, sale monstre ! couina-t-elle en l'envoyant valdinguer d'un méchant coup de pied.

Le petit Mennus traversa la pièce comme un ballon, en devenant de plus en plus minuscule à mesure qu'il roulait au sol. Pour finir, il disparut complètement.

Un silence de stupeur plana dans la pièce.

– Tucka ! S'il vous plaît, arrêtez la machine avant qu'elle ne nous tue ! supplia Hermux.

Mais Tucka était déjà trop occupée à essayer d'assembler les fragments calcinés de la formule.

– Vous ne voyez pas que j'ai autre chose à faire ! bougonna-t-elle entre ses dents.

– Donnez-moi ça, Tucka ! ordonna une voix.

Tucka leva la tête.

Blanda Nergup se tenait sur le pas de la porte, tout essoufflée. Plus que jamais, elle avait l'air de s'être coiffée avec un pétard.

– Donnez-moi ça, répéta-t-elle. C'est à moi !

Elle avait ramassé le pistolet de Tucka et le brandissait d'une main ferme.

– Ne soyez pas ridicule, Nergup ! bredouilla Tucka. Qui vous a invitée, de toute façon ? Reposez ce pistolet immédiatement !

Les deux rivales se regardèrent en chiens de faïence.

Le tic-tac de l'horloge résonnait bruyamment. La barre de la souricière avait atteint le sommet de sa courbe. Elle était prête à s'abattre. Hermux se jeta vers sa boîte à outils avec un regain d'énergie qu'il ne pouvait mettre que sur le compte de la plante de lune. Il rejeta le couvercle et chercha frénétiquement ses cisailles. Elles étaient posées juste sur le dessus. Il les empoigna fermement et sectionna le fil qui reliait le harnais à l'horloge. Le fil céda comme un ressort qui claque et se propulsa en arrière, lui tailladant la joue.

– Aïe ! cria-t-il, avant de sentir un filet de sang tiède couler sur son pelage.

L'horloge s'arrêta.

– Posez ce pistolet tout de suite, Nergup ! Ou je vous renvoie ! pesta Tucka.

– Vous me renvoyez ? Non, Tucka, vous ne me renvoyez pas. Je démissionne !

Nergup enleva ses grosses lunettes et les jeta par terre.

« Elle est vraiment mieux sans ses lunettes, songea Hermux en se frottant la joue. Si seulement elle pouvait se tenir un peu plus droite... »

À peine cette pensée lui avait-elle traversé l'esprit que Blanda Nergup se redressa. Elle se déplia, se déplia, jusqu'à dépasser Tucka. Alors elle porta sa main libre à la tête et retira les épingles qui retenaient son étrange chignon. Elle tira dessus d'un coup sec et il lui resta dans la main, découvrant un pelage doré, court et brillant.

– Ortolina Perriflot ! bougonna Tucka. Vous le regretterez !

– Et maintenant, donnez-moi la formule, dit Ortolina avec fermeté. Elle revient de droit à l'Institut Perriflot !

Tucka rassembla les fragments de papier brûlé et les porta docilement à Ortolina.

– Vous avez raison, dit-elle d'un ton contrit. La formule vous revient, c'est un fait. Alors, regardez-la bien !

Sur ces mots, elle jeta les lambeaux roussis à la figure d'Ortolina, saisit le pistolet et se lança de tout son poids contre sa svelte adversaire. Ortolina trébucha en arrière, toussant et éternuant. Les deux souris s'écrasèrent bruyamment contre le tableau de bord du Yo-Baby 2000, qui se mit en route dans un grand fracas de métal. Des voyants lumineux clignotèrent. Des bips résonnèrent. Et une capsule de traitement glissa jusqu'à elles et s'ouvrit.

Tucka et Ortolina se disputaient férocement le pistolet. Pour finir, Tucka s'écarta avec un cri de triomphe. Elle recula en titubant, serrant l'arme dans sa main.

– On va voir, maintenant, à qui appartient la formule ! menaça-t-elle d'une voix glaciale. Mais, alors même qu'elle parlait, elle planta son talon aiguille dans le rebord de la plate-forme et bascula en arrière, droit dans la capsule du Yo-Baby 2000. Elle se redressa avec effort et braqua l'arme sur Ortolina.

– Adieu, Perriflot ! dit-elle. L'argent n'achète pas tout !

C'est alors qu'Hermux lança ses cisailles. Elles fendirent l'air et tombèrent en plein dans le mille, sur le gros bouton rouge du tableau de bord.

Aussitôt, le couvercle se referma en aplatissant Tucka à l'intérieur de la capsule. Laquelle se propulsa avec une explosion sourde et disparut dans les entrailles du Yo-Baby 2000.

Quelques instants plus tard, Hermux vit la combinaison de Tucka voguer dans les tuyaux transparents. Il vit aussi les icônes clignoter sur le tableau de bord.

Le programme de Sculpture corporelle totale était encore réglé sur la silhouette d'un hamster mâle et musclé. Un hurlement outragé retentit dans le labo. Puis Hermux crut entendre le ronronnement d'une machine à coudre.

*Chapitre 74*

# Heures de visite

Dans son rêve, Hermux, enfermé dans une des capsules du Yo-Baby 2000, était transbahuté à travers les tuyaux d'un horrible labyrinthe sans fin. Pour finir, la capsule s'ouvrait. Un bras de rôtisserie métallique le clouait sur place tandis qu'un autre lui chatouillait le visage avec la perruque de Blanda Nergup.

Il se réveilla en poussant un éternuement tonitruant.

Il faisait grand jour. Il était dans son lit. Dans son appartement. Et quelque chose lui chatouillait le visage.

C'était Terfèle. Elle était sur l'oreiller et le regardait.

Hermux se redressa, tout content.

– Terfèle ! s'écria-t-il. Où étais-tu passée ? J'étais mort d'inquiétude !

Il la prit délicatement dans sa patte et, sans se donner la peine d'enfiler sa robe de chambre ni ses pantoufles, courut dans son bureau.

Il y régnait toujours un fouillis indescriptible. Mais, à la lumière du soleil, avec Terfèle perchée sur son épaule, il le trouva tout bonnement splendide. Terfèle avait l'air fatiguée. Une de ses ailes rouge vif était abîmée. Elle avait les antennes légèrement de travers. Et lorsqu'il l'examina de très près, Hermux vit qu'elle avait comme de minuscules confettis collés aux pattes.

– Oh, Terfèle ! Mais qu'as-tu fabriqué ?

Elle caressa la patte d'Hermux avec un de ses pieds menus, mais elle ne répondit pas.

Tout doucement, il la déposa dans sa cage.

– Je vais te chercher de la nourriture fraîche et de l'eau, lui dit-il, avant de se précipiter dans la cuisine avec ses gamelles.

Mais, le temps qu'il revienne, elle avait grimpé sur son perchoir et dormait à poings fermés. Hermux eut même l'impression qu'elle ronflait.

– Eh bien, tu me raconteras tout ça quand tu te réveilleras, dit-il.

Il resta un moment debout, à regarder affectueusement sa petite compagne endormie. Puis il ferma la porte de sa cage, baissa les stores sans faire de bruit et sortit de la pièce sur la pointe des pieds.

– Oh, mon Dieu ! s'exclama-t-il en regardant sa montre. Comme il est tard ! Les heures de visite à l'hôpital sont presque dépassées. Il faut que j'aille voir Mlle Perflinker pour m'assurer qu'elle va bien. J'ai tant de choses à lui dire. Et à lui demander.

Il s'habilla à la hâte et se rua dehors. Il s'arrêta à la boutique et prit la montre de Mlle Perflinker sur l'étagère « À retirer ». Il acheta un bouquet de roses et de myosotis dans la rue, puis grimpa dans le tramway qui menait à l'hôpital.

En chemin, il ouvrit l'écrin et, songeur, contempla la montre. Il fut soulagé de voir qu'elle était toujours d'une parfaite exactitude. Comme il semblait loin, le jour où Linka était venue au magasin lui porter la montre défoncée !

À l'hôpital, Hermux gravit fièrement le grand escalier et demanda le numéro de sa chambre. Les points de suture de sa joue lui faisaient encore mal. Et il boitait légèrement, car il s'était tordu la cheville à la clinique, mais il débordait de fierté en sortant de l'ascenseur.

Il était arrivé à sauver Mlle Perflinker. Enfin, en tout cas, il avait contribué à la sauver.

Il répéta mentalement ce qu'il avait prévu de lui dire. À quel point il s'était inquiété pour elle. La tendresse qu'il éprouvait pour elle. Son espoir qu'ils deviendraient plus que de simples amis.

Le cœur battant la chamade, il ouvrit la porte et s'avança dans la chambre.

À sa grande déception, il vit qu'elle n'était pas seule. Une souris mâle, maigre et dégingandée, était assise dans un fauteuil en fumant la pipe, une canne à ses côtés. Un gros plâtre blanc couvrait une de ses pattes.

– Oh, monsieur Tantamoq ! dit joyeusement Mlle Perflinker. Comme c'est gentil à vous de venir me voir. Turfip, je te présente M. Tantamoq. L'horloger qui m'a sauvé la vie. Monsieur Tantamoq, voici le docteur Dandiffer... mon fiancé.

– Félicitations ! articula Hermux avec effort, à travers le voile noir qui l'enveloppait soudain. À tous les deux ! Quelle surprise !

– N'est-ce pas ? C'est difficile à croire ! Des dents de la mort aux préparatifs de mariage en une seule journée ! J'en ai encore la tête qui tourne.

– Moi aussi, avoua Hermux. Si ça ne vous ennuie pas, je vais m'asseoir un instant.

Lorsqu'il s'effondra sur une chaise, il sentit un poids terrible lui tomber sur les épaules. Il comprit qu'il devait sortir de la chambre avant d'éclater en sanglots désespérés.

– Je vous ai apporté des fleurs. Et votre montre, dit-il en déposant délicatement la boîte au bord de son lit.

Elle l'ouvrit aussitôt.

– Elle a l'air parfaite ! s'exclama Mlle Perflinker, qui s'empressa de la passer à son fin poignet et l'admira. Vous avez fait un travail formidable !

– Elle est parfaitement à l'heure, répondit Hermux avec une pointe de tristesse. Et je vois qu'il est temps que je m'en aille. Je vous souhaite un prompt rétablissement, mademoiselle Perflinker. Et j'espère que vous serez très heureuse. Tous mes vœux de bonheur à vous deux.

Il sortit en titubant dans le couloir et referma bien vite la porte derrière lui. Il s'aperçut qu'il serrait toujours le bouquet de fleurs dans sa patte.

En passant devant le poste des infirmières, il le déposa sur le comptoir.

– De la part de Mlle Perflinker, dit-il à l'infirmière de service. Elle vous remercie de vos soins attentifs.

– Comme c'est gentil ! dit l'infirmière. Cette jeune souris est vraiment charmante ! On a du mal à imaginer toutes les épreuves qu'elle a traversées. Dites-moi, vous êtes M. Tantamoq, n'est-ce pas ? J'ai vu votre photo dans le journal ce matin. Quel héros vous êtes !

Une lumière rouge se mit à clignoter furieusement sur le comptoir, accompagnée de sonneries répétées.

L'infirmière pinça les lèvres, l'air agacé.

– Ne faites pas attention à cela, dit-elle. C'est encore cette Tucka Mertslinn. Elle n'a qu'à attendre !

*Chapitre 75*

# Lumière est faite

– Alors Tucka n'ira pas en prison, en fin de compte, dit Mirinn en sirotant son thé.

– Non, répondit Hermux. Ce qu'elle a fait avec Mennus n'était pas illégal. Elle soutient qu'elle avait passé un contrat de recherche en bonne et due forme avec lui. Elle ignorait complètement qu'il volait la formule. Et je m'efforce de la croire.

– Et le fait de vous avoir laissés risquer la mort dans la souricière ?

– Eh bien, l'inspecteur chargé de l'enquête dit que nous ne pouvons pas la poursuivre pour impolitesse.

– Impolitesse ? Ça allait bien au-delà de l'impolitesse.

– Peut-être, mais c'est sa parole contre la mienne. Elle prétend qu'elle ne s'était pas rendu compte que nous étions vraiment en danger. De toute façon, c'est fini. Nous sommes vivants. Et je suis disposé à passer l'éponge. En plus, ça a dû la faire terriblement souffrir de perdre sa queue dans le Yo-Baby et de se faire recoudre dans un corps de hamster. Bien sûr, elle s'en sortira à son avantage. Il paraît qu'elle a embauché un écrivain et qu'elle lui dicte ses mémoires pour passer le temps à l'hôpital, pendant que les médecins lui retirent tous ses points de suture.

– Je suis encore un peu sonnée de savoir que c'était Pup Schounagliffen tout du long, dit Mirinn. Cette taupe avait l'air si aimable et si sympathique.

– Même maintenant que je sais tout, renchérit Hermux avec tristesse, Pup me manque toujours. Je l'aimais beaucoup. Il connaissait tant de choses, et dans tellement de domaines. Je croyais que c'était mon ami. Et je n'étais pas le seul. Les gens racontaient tout à Pup. Il était toujours disposé à écouter. Toujours prêt à aider. Je me demande si une de ses qualités était bien réelle, ou si elles étaient toutes des créations de Mennus. À eux deux, ils étaient au courant de tout. Sans compter les espions à l'Institut Perriflot, chez Tucka et dans l'équipe de Dandiffer. Mennus ou Pup – je ne sais plus comment il faut l'appeler – pouvait surveiller tout le monde. Tucka, Ortolina, moi, Jervutz. Et quand il ne pouvait pas, nous étions plus que prêts à lui raconter ce qu'il avait besoin de savoir. Nous n'étions que des pions dans son jeu. Il savait que Dandiffer allait revenir. Il comptait se servir de Linka pour l'attirer au Dernier-Recours. Dandiffer était le dernier problème à régler. Dès qu'il se serait débarrassé de lui, il n'aurait plus eu qu'à s'occuper de Tucka. Elle a beau être furieuse contre Ortolina et moi, elle sait que nous lui avons sauvé la vie.

– Et Ortolina, trempait-elle dans l'affaire depuis le début ?

– Elle s'est rendu compte qu'il y avait un espion à l'Institut Perriflot, et elle se doutait bien que ce n'était pas une coïncidence si Tucka montait son projet du Millénium. Alors, comme elle voulait l'avoir à l'œil, elle s'est déguisée en Blanda Nergup et elle l'a persuadée de l'embaucher. Heureusement pour Linka et moi.

– Et que vas-tu faire à présent ? Crois-tu que tu arriveras un jour à te consoler d'avoir perdu Linka ?

– Ah, Linka..., soupira Hermux. Non, je crois que je ne m'en remettrai jamais. Chaque fois que je verrai un avion dans le ciel, je penserai à elle. Et je me demanderai où elle est, et ce qui aurait pu se passer. Mais j'ai appris tant de choses. Sur l'amour. Sur la beauté. Sur l'amitié. Je ne regrette rien. Ce qui me rappelle quelque chose : je t'ai apporté un petit souvenir de mon aventure.

– Quoi donc, Hermux ? demanda Mirinn. Un échantillon gratuit du shampoing de Tucka ?

– Non. C'est un peu plus spécial, je crois. Je ne te promets rien, c'est juste une intuition que j'ai. Quand la police est arrivée au Dernier-Recours, il y a eu beaucoup de désordre et d'attente le temps qu'ils arrêtent tout le personnel de Mennus. Personne ne faisait attention à moi. Alors, quand j'ai repéré un débris du flacon que Mennus avait lâché par terre, je me suis baissé pour attacher mon lacet et je l'ai glissé dans ma poche. Et le voici.

Hermux sortit un écrin de la poche de sa veste. Il se leva et se dirigea vers la cuisine.

– Et maintenant, il faut que j'aille chercher un verre d'eau. Tu sais, si Mennus avait mis la main sur le journal de Dandiffer, les choses auraient pu se terminer très différemment. L'élixir de jeunesse est beaucoup trop puissant pour qu'on puisse le boire. Il l'aurait su s'il avait lu le journal. J'aimerais pouvoir dire que j'avais caché l'existence du journal par astuce et stratégie, mais la vérité, c'est que j'ai tout simplement oublié de dire à Pup où je l'avais dissimulé. Et lui était si pressé d'avoir la formule qu'il a oublié de me le demander.

Hermux revint avec un petit verre d'eau qu'il posa devant lui sur la table basse. Il ouvrit l'écrin. Un éclat de verre incurvé reposait sur le velours bleu nuit. Une tache couleur de rouille, sur le verre, était tout ce qu'il restait de l'élixir. Hermux saisit le fragment du bout des griffes et le déposa délicatement dans l'eau. La tache dégagea un minuscule nuage rouge sang qui moutonna un bref instant, puis se dissipa.

– Et maintenant, dit Hermux à Mirinn, je veux que tu t'allonges et que tu fermes les yeux.

Il sortit de sa poche un mouchoir d'une blancheur immaculée, le déplia et le plongea dans l'eau. Il en fit une compresse qu'il posa sur les paupières de Mirinn.

– Garde les yeux biens fermés et ne bouge pas...

Il s'assit à côté d'elle et sortit sa montre de gousset.

– Qu'est-ce que c'est, Hermux ? demanda-t-elle. Que se passe-t-il ?

– Je ne sais pas exactement. Attendons encore une minute. Tu sais, Mirinn, tu as été très patiente avec moi toutes ces années. Tu m'as ouvert les yeux à beaucoup de choses nouvelles. Tes peintures, l'opéra, et puis, cette idée de faire de moi un observateur attentif du monde. Ces dernières semaines en particulier, j'ai beaucoup réfléchi à la notion de beauté. Je n'avais jamais vraiment pris le temps de le faire avant. Et au bout du compte je suis d'accord avec toi. J'ai bel et bien un sens esthétique. Et j'ai fini par penser à une chose que je trouverais très belle. Une chose que j'aimerais voir.

– Qu'est-ce que c'est ? Dis-moi !

– Ceci, répondit Hermux en jetant un coup d'œil à sa montre.

Il retira son mouchoir des yeux de Mirinn. Puis il l'aida à se lever.

– Maintenant, dit-il plein d'espoir, ouvre les yeux.

Ce que fit Mirinn.

Elle resta un moment immobile, puis s'approcha très lentement de la fenêtre, sans un mot. Elle regarda son jardin qu'elle n'avait plus vu depuis trois ans. Elle vit le chèvrefeuille qui grimpait sur le portail. Elle vit que l'herbe avait besoin d'être tondue. Elle vit les pétales des pivoines éparpillés par la pluie de l'après-midi. Et lorsqu'elle s'écarta de la fenêtre, elle vit son cher ami Hermux debout à ses côtés.

– Je vois, dit-elle simplement.

– Et c'est exactement aussi beau que je l'avais imaginé, répondit Hermux avec un grand sourire.

Remerciements

Beaucoup de gens m'ont aidé à donner la vie à ce livre. Je remercie tout d'abord les librairies qui ont eu le courage d'y croire. Merci à Gloria Borg Olds, de Broadway Books à Portland ; à Katie Radditz, de Looking Glass Books à Portland ; à Kristin Gould, de Mrs Olsen's Coffee & Bookstore à Midland, Texas ; et à Nicky Markey, Tonyia Vining et David et Beth Henkes, de University Bookstore à Bellevue, Washington.

Je remercie aussi les premiers lecteurs pour leurs encouragements : Dorothy et Bill Kucha, la famille Parker-Lavine, Barbara Eiswerth et Rhonda Coleman.

Merci pour leur travail créatif et leur inspiration inestimable à Dale Champlin, Ann Marra et Tim Ely, à Virginia Flynn, Richie Williamson, David Vogel, Lily Hazlewood, Patricia Tate et Martha Moore.

Je remercie tout particulièrement mon cher vieil ami
Lionel pour ces nombreuses années de fidèle amitié
et pour sa remarquable compréhension
du fonctionnement de l'esprit animal.

Ainsi que Dinah (qu'elle repose en paix)
qui m'a donné des leçons particulières
sur la vision complexe du monde des divas.

# À propos de l'auteur

Michael Hoeye a travaillé pendant 15 ans à New York en tant que photographe et enseignant, avant de se rendre compte qu'il n'était vraiment pas fait pour la frénésie new-yorkaise. Depuis 1991, il vit dans un cottage de l'Oregon avec sa femme Martha et leur chat Lionel, au milieu des chênes, des sapins, des écureuils et des rouges-gorges. *Hermux Tantamoq – Le temps ne s'arrête pas pour les souris* est son premier roman.

Si vous avez des questions sur ce livre ou si vous désirez en savoir davantage sur Hermux et ses amis, sur ce qui se passe dans la ville animée de Pinchester, ou sur la prochaine aventure d'Hermux, écrivez-nous par courrier électronique à :

www.wiz-hermux.com

*La composition de cet ouvrage*
*a été réalisée par Nord Compo,*
*l'impression et le brochage ont été effectués*
*sur presse Cameron dans les ateliers*
*de* **Bussière Camedan Imprimeries**
*à Saint-Amand-Montrond (Cher),*
*pour le compte des Éditions Albin Michel.*

*Achevé d'imprimer en octobre 2002.*
*N° d'édition : 21228. N° d'impression : 024776/4.*
*Dépôt légal : septembre 2002.*
*Imprimé en France*